우리가 우리였던
날들을 기억해요

박
형
준 지음

21세기북스

프롤로그

그랬다.
내 사랑은 우울했다.

하지만 늘 그리웠다.
눈부신 날의 햇살이.

그리고 저 너머 둔덕 위로 펄럭이는 바람 소리에

흩어진 얼굴.

오랜 시간이 지났을 무렵,
난 무척 수척해졌다. 화들짝 놀랄 만큼.

그랬다, 난.
많은 시간 장막 안에서 호흡했다.

그 장막 안에는 음악과 영화가 있었다.
장막은 기꺼이 내 여린 감성의 방패막이가 되어주었다.

장막 밖으로 쏟아낸 수많은 생각 조각들이 나부낄 무렵,
조금씩 알 것 같았다.

시린 사랑 앞에 축 늘어진 침잠 외에도
움트고 있는 새로운 사랑학이 있다는 걸.

●
▼
▽

그래서 더 애틋하게 추억하기 시작했다.
우리가 우리였던 그날들을.

장막을 걷고 바라본 세상.
여전히 사람 사는 곳, 저마다의 사랑으로 색칠하는 곳.
그곳에 내 소중한 사랑이 걸려 있었다.

●
▼
▽

나를 반짝이게 했던 그 사람을 기억하며
이 글들을 쓴다.

●
▼
▽

흩뿌려 본다.
사근대는 나뭇잎 소리에도 움찔했던, 가슴 깊은 곳의 찌꺼기들을.

기억하기 위해.
더 많은 것을 기억하기 위해.

차례

1.

우리라는 이름이었던 날들

who am i?

사랑을 노력하게 했던
한 사람

뷰티 인사이드

"사랑해."

　　전혀 예상치 못한 순간이었다. 이 말을 어떻게 건넸을
까. 상상 속에서도 수백 수천 번 실패했던 그 말. 갑자기 요동
치는 심장 소리에 현기증이 일었다. 벌겋게 달아오른 얼굴이
너무 뜨거워서인지 심한 갈증을 느꼈다. 그러곤 기억이 없다.
세상이 하얘진 것만 희미하게 생각날 뿐.

"정말?"

잠시 후, 그녀가 환하게 웃는 것이 보였다. 아니, 그녀의 옅은 핑크빛 입술이 살짝 움직이는 걸 봤던 것 같다. 그 두 눈과 마주하지 못한 채, 눈치 없이 기승을 부리는 심장 소리를 들킬까 봐 몹시도 초초했다. 물을 마시고 싶어 시선을 돌렸을 때 그녀의 두 눈과 마주쳤다.

아마도 무척 짧은 시간. 그녀의 눈망울에 비친 샘물이 보였다. 본능적으로 느낄 수 있었다. 그녀 역시 나를 사랑하고 있음을. 순간 난데없이 날아든 심장의 조각들이 비상하기 시작했다.

터질 것 같았다. 미풍인 듯 하늘거리는 블라우스에서 전해지는 그녀의 향기에 숨이 멎은 듯. 하지만 이내 밀려오는 알 수 없는 감정선들이 내 몸을 모두 잠식하고 말았다.

사랑이라니. 이게 사랑이구나. 모든 빛들이, 모든 우주가 그녀를 중심으로 찬연한 광채와 함께 움직이는 것 같았다. 창문 너머 둔덕의 햇살마저 내게 손짓하는 것 같은, 처음 느껴본 경험.

내게 찾아온 사랑을 실감할 틈도 없이 우리는 '사랑해'라는 말을 쉴 새 없이 주고받았다. 마치 '사랑해'라는 말을 실컷 하기로 날을 잡아놓은 것처럼. 그리고 우리는 그날 이후부터 실컷 사랑했다.

맨 처음 고백. 이 마법은 내 전부를 뒤흔들어 놓았다. 아마도 세상의 모든 연애는 "사랑해."라고 고백하기 이전과 이후로 나뉘는 모양이다. 고백 이후에야 나는 내 사랑이 진실인 걸 확신할 수 있었으니.

그날 이후 모든 것은 그 사람만을 위한 일상이었다. 그 사람이 있었기에 아침이 푸르렀다. 밥을 먹고 거닐며 웃는 것도 모두 그 사람을 향한 신호였다. 이 들뜬 사랑이 무한한 상상력으로 이어졌다. 그녀의 남자가 되기 위해선 그 어떤 노력이든 할 수 있을 것 같았다. 이 무모한 도전이 반드시 성공할 거라고 믿었다.

한 여자를 사랑하면서 다른 삶을 살고 싶었던 남자가 있다. 영화 〈뷰티 인사이드The beauty inside, 2015〉의 남자, '우진'은 매일 다른 모습으로 바뀐 삶을 산다. 어느 날은

여자였다가 또 다른 날은 남자로, 그리고 어린아이가 되기도
하고 노인이 되기도 한다. 성(性)이 바뀌고 나이가 바뀌고 국
적도 바뀐다. 그녀 '이수'를 만나고 사랑하기 전만 해도 우진
은 다국적, 다문화에 남녀노소 불문인 인생을 그럭저럭 살 수
있었다.

　　그랬던 남자는 그녀를 사랑하고부터 내일이 오는 게 두
려워졌다. 그녀를 사랑하면 할수록 내일도 오늘 이 모습 그대
로 그녀에게 가고 싶은 마음이 간절하다. 제발 단 하루만이라
도 다른 사람으로 바뀌지 않기를. 방법은 하나. 뜬눈으로 밤
을 보내는 것밖에 없다. 남자의 숱한 불면의 밤들.

　　혼란스럽기는 그녀도 마찬가지다. 내가 사랑하는 남자가
세상에 존재하기는 하는 건가? 내일이면 바뀐 모습의 남자를
만나야 하는 그녀의 밤도 불안하다. 그럼에도 그들은 열심히
만나고 열심히 사랑한다. 생애 가장 특별한 하루의 사랑을 위
해 '빡세게' 노력한다.

　　매일 다른 사람으로 그녀에게 가야 하는 남자는 자신을
만날 때마다 낯설어하는 여자가 안쓰럽다. 여자는 남자의 안
쓰러운 손길이, 눈길이, 숨결이 더욱 아프다. 안쓰럽고 아픈

사랑이다.

아파하는 여자를 위해 남자는 헤어지기로 한다. 아프고
또 아프지만 이별을 차마 먼저 말하지 못하는 여자를 위해.
"우리 헤어지자, 그게 좋을 것 같아." 남자는 여자의 손을 꼭
잡고 걸어가다가 이별을 말하고 "감기 들겠다, 얼른 들어가."
라고 말한다. 군더더기 없는 짧은 이별이다.

영화를 보는 내내 그 사람이 참 많이도
보고 싶었다. 영화 속 남자와 여자의 안쓰러운 사랑이 나와
그녀의 사랑과 많이 닮았다고 느꼈기에. 예쁜 사람, 내가 정
말 많이 좋아했던 그 사람. 항상 최선이고 싶어 언제나 스스
로를 노력하게 만들었던 그 사람. 무지하게 미웠지만 그만큼
이나 그리워했던 그 사람. 한때는 내 모든 꿈이었고 또 그 꿈
으로 부풀게 했던 그 사람.

그때 나는 사랑은 노력하는 거라고 믿었다. 그녀를 위해
노력하는 만큼 그녀가 내게로 더 가까이 올 것이라고. 그녀가
조금 멀리 있다고 느껴지는 건 노력이 부족한 탓이라고. 노력

의 끝은 있기 마련이기에 반드시 우리 사랑도 노력의 결실을 맺을 거라고. 그녀를 위해 그녀처럼 생각하고 그녀를 닮아가는 노력이 헛되지 않으리라 그렇게 믿었다. 별로 내세울 만한 게 없기에 그녀를 사랑하는 최선의 방법은 노력밖에 없었다. 노력 말고는 다른 방법을 알지 못했던 때이기도 했다. 오직 한 사랑에게로 향하는 내 노력이 영화 속 남자의 모습과 겹쳐지곤 했다.

영화관을 나오자마자 그녀를 찾아다녔다. 손잡고 거닐던 그곳, 버스를 기다리던 의자, 함께 앉았던 카페, 같이 웃고 울었던 술집. 묻고 싶었다. 그때 당신이 내 모든 꿈이었던 걸 알고 있느냐고, 당신에게 닿기 위해 언제나 늘 열심이었던 날 기억하냐고. 혹시 당신도 나와 같았냐고.

그러나 묻지 못했다. 아니, 그냥 그녀가 보고 싶었을 뿐이었다. 여전히 내가 사랑하는 그 모습으로 잘 지내는지 보고 싶었을 뿐이었다.

어느 날 어디에선가 그녀와 마주친 적이 있었다. 하지만 난 그저 멍하니 그녀를 바라보기만 했다. 그리고 우연인 양 돌아섰다. 왜 우리는 〈뷰티 인사이드〉의 연인들처럼 헤어지

지 못했을까? 마음에도 없는 말로 서로를 할퀴고 더 모질게
다그쳤을까?

　이제라도 말해주고 싶다. 수고했다고, 정말 고생했다고.
사랑에 무척이나 서툴렀던 나를 세상에서 제일 특별한 사람
으로 생각해준 그 사람에게.

"우리 헤어지자, 그게 좋을 것 같아."

네 이름이 내겐
노래였어

콜 미 바이 유어 네임

그 사람이 내 이름을 불렀을 때 나라는 사람은 세상에서 유일한 존재가 되었다. 그래서 한없이 행복했던 적이 있다. 사랑하면 이름도 특별한 지위를 얻는다는 놀라운 발견도 경험했다. 그런 기억들이 아직도 새록새록 떠오른다. 그녀가 내 이름을 불렀을 때만 난 언제나 심장이 고동치곤 했다. 마치 심폐소생술을 받은 환자처럼 온몸의 신경세포들이 기지개를 켜곤 했다. 그녀가 내 곁으로 슬며시 다가와 이름을 부를 때, 전화 너머로 내 이름이 들려올 때, 사람들 틈 바구니에 섞여 있는 나를 찾아낸 그녀가 멀찍이서 내 이름을 부를 때 눈물이 났다. 눈이 부시게 새하얀 세상이었다. 고마움이 넘쳐나는 우윳빛 세상. 내 이름이 사랑스럽고 내가 자랑스러웠던 그때를 잊을 수 없다.

내 이름이 대단할 것도 특별할 것도 없다는 걸 모르지 않는다. 대한민국에 나와 같은 이름, 심지어는 같은 성(姓)의 같은 이름이 적지 않다는 것도 안다. 그런데도 사랑하는 사람이 내 이름을 부르면 세상에서 이보다 근사한 이름이 없는 듯하다. 그녀가 나 아닌 다른 누구를 내 이름으로 부를 수 없다는 사실에 감사했었다. 그녀 이름이 아닌 그녀를 상상할 수 있을까? 그 이름이 아닌 그녀를 과연 추억할 수 있을까?

영화 〈콜 미 바이 유어 네임Call me by your name, 2017〉은 사랑하는 사람의 이름을 이야기한다. 1983년 이탈리아의 한 별장에서, 여느 해와 마찬가지로 열일곱 소년 엘리오는 여름이 빨리 지나가기를 바랄 뿐이다. 피아노 연주와 책이 전부인 엘리오는 세상 모든 일에 시큰둥하게 반응한다. 그런데 그해 여름, 스물넷의 미국 청년 올리버가 별장으로 초대된다.

엘리오는 무심한 듯 차가운 듯한 올리버가 자꾸 신경이 쓰인다. 엘리오의 눈길을 올리버가 모를 리 없다. 올리버도 지적이면서도 마냥 여려 보이는 엘리오에게 향하는 자신의 마음을 숨기기 어렵다. 그렇지만 둘 다 선뜻 자신의 감정을 입 밖으로 내놓지 못한다. 엘리오나 올리버나 서로에게 향하는 마음이 혼란스럽다. 서로에게 향하는 마음을 밀어내려 다른 사람을 만나고 딴짓으로 하루하루를 버텨보지만 소용이 없다. 결국 두 사람은 멈출 수 없는 사랑을 시작하게 된다. "네 이름으로 날 불러줘. 내 이름으로 널 부를게." 그렇게 올리버의 제안으로 두 사람은 자신의 이름으로 사랑하는 사람을 부른다.

그해 기승을 부렸던 폭염도 견줄 수 없을 만큼 뜨거운 사랑을 나누었던 두 사람은 올리버가 미국으로 돌아가며 헤어지고 만다. 그리고 시간이 흘러 겨울이 되어서야 엘리오는 옛 연인 올리버의 전화를 받는다. 올리버가 결혼한다는 이야기

였다. 엘리오의 심장이 쿵, 내려앉는다. 이제 여름날의 사랑
을 보내야 한다. "엘리오." 엘리오는 자신의 이름으로 올리버
를 부른다. 그리고 전화 너머로 들리는 올리버의 목소리. "올
리버." 그렇게 여름날의 뜨겁던 사랑은 끝이 났다. 이별이다.
지난날의 달궈진 사랑 그리고 겨울의 차가운 이별.

　　　　　　　　세상의 모든 것이 제각각 자기 이름이
있다는 건, 세상에 존재하는 것들이 모두 다르다는 걸 의미한
다. 같을 수 없는 존재들. 나는 나고, 너는 너다. 죽었다 깨어
나도 나는 네가 될 수 없고, 너 또한 죽었다 깨어나더라도 내
가 될 수 없다. 나는 네가 될 수 없고 너는 내가 될 수 없는 불
가역적 존재들이다.

　　그러나 사랑은 그 불가역을 뒤흔든다. 불가역을 뒤흔드
는 불가항력의 사태가 바로 사랑이 아닐까. 사랑하는 사람의
이름을 내 이름으로 부른다는 것, 누군가를 내 이름으로 부른
다는 것은 내가 나를 아끼고 사랑하는 만큼이나 그 사람을 사
랑한다는 얘기다. 그 사람과 나 사이에 구분을 두지 않는다는

얘기고 그 사람과 나를 하나라고 여긴다는 얘기다. 말하자면,
'내가 너였고, 네가 나였던 날들.'

　　그 사람의 전화기에 저장되어 있던 내 이름 세 글자. 다
른 사람들의 번호를 저장하면서는 온갖 수식어를 붙였으면서
도 내 전화번호만큼은 내 이름 세 글자로 저장하고 헤어지는
순간까지 바꾸지 않았다. 내 이름 세 글자면 충분하다는 이유
였을 거다.

　　그녀가 전화기를 만지작거릴 때마다 나를 쓰다듬는 거
같아 묘한 기분이 들곤 했다. 누구는 사랑이 끝나면 전화번호
목록에서 그 사람을 삭제한다던데, 그 사람의 전화기에 내 이
름 세 글자가 아직도 있는지 궁금하다.

　　그 사람을 볼 수 없는 날이면 그 사람 이름 세 글자를 입
속에서 굴리곤 했다. 달콤했다. 이름을 부를 수 있는 것만으
로도 좋았다. 사랑하는 사람의 이름은 그 자체로도 세상에서
가장 감미로운 시이고 음악이다. 사랑하는 사람의 이름은 시
가 되고 노래가 되곤 한다. 사랑하는 사람을 내 이름으로 부
를 때, 각자의 시와 노래가 비로소 한 편의 노래로 어울리는
순간이기도 하다. 경이롭게도. 그런 의미에서 "네 이름으로

나를 불러줘."라는 건, "사랑해."라는 말의 더 구체적인 체현일지도 모른다.

하지만 난 그녀를 내 이름으로 불러볼 생각은 하지 못했다. 다시 그때로 돌아갈 수 있다면 내 이름으로 그 사람을 부를 수 있을 텐데. 너와 나 사이의 이름이라는 경계조차 허물어버리는 사랑을 할 수 있을 텐데. 아쉬움이 밀려올 때가 있다. 지금도.

그때 우리가 네 이름으로 나를 불렀다면, 우리 사랑이 조금은 달라졌을까? 지난 사랑일지라도 네 이름을 기억할게. 그리고 불러보는 이름, 내 이름.

전화를 끊고 타닥타닥 타고 있는 벽난로 앞에 오도카니 앉아 울먹이는 엘리오가 쉽게 잊히지 않는다. 장작은 불에 온몸을 태우고 온기를 만들어낸다. 당장은 장작불이 맵고 쓰라릴 수 있지만, 그 온기로 우린 지난날의 눈물을 말리곤 한다. 엘리오 역시 장작 앞에서 끝난 사랑의 무게를 견뎌야 한다. 엘리오가 올리버 나이쯤 되었을 때, 지금의 내 나이쯤 되었을 때, 엘리오는 누군가에게 여름날의 뜨거웠던 소년의 사랑 이야기를 들려줄지도 모른다. 사랑하는 사람을 내 이름으로 불

렀던, 둘이면서 하나이고 하나이되 둘인 사랑 이야기를. 그러
니 나의 지난날들도 언젠가 나의 눈물을 말릴 수 있는 온기가
되기를 소망한다.

"내가 너였고, 네가 나였던 날들."

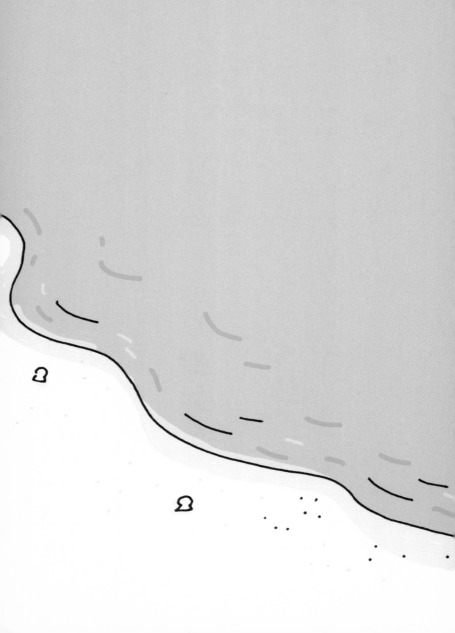

▼
▽

**외로움도 괜찮을 거야,
아마도**

8

조제, 호랑이 그리고 물고기들

●
▼
▽

연애 주기가 짧은 친구는 내가 부럽단
다. 한 번이라도 누군가를 애달프게 좋아한 내가 부럽다고.
나도 누군가를 너처럼 진하게 사랑해봤음 원이 없겠단다. 술
취해 늘어놓는 넋두리다. 입으로는 연신 내가 부럽다면서도
이 친구는 지금도 사귄 지 한 달도 안 된 연애에 종말을 고할
까 말까 고민 중이라고 한다. 친구의 말이 빈말인 걸 안다. 아
니, 그 친구가 정작 하고 싶은 말은 헤어진 마당에 뭐가 그리

애달프냐고, 네가 그런다고 누가 알아주기나 하냐는 말일 것이다. 속으로는 한심한 놈이라고 혀를 찰지도 모른다. 아무래도 상관없다.

사랑하는 사람 사이에도 권력관계가 생겨난다고 한다. 사랑받는 사람보다 사랑하는 사람이 약자고 을이라고. 이 말에 따르면 사랑도 공평하지는 않다는 거다. 그런 게 어디 있으며 서로 사랑하는데 누가 더 많이 사랑하면 어떻고 덜 사랑하면 어떠냐고 항변하고 싶다. 하지만 더 많이 사랑하는 사람이 약자 같다는 생각도 슬그머니 끼어든다.

더 많이 사랑하는 사람이 먼저 이별을 말하지는 않는 법. 이별 통고로 상처받고, 사랑하는 사람의 마음을 돌리기 위해 매달리고, 다 끝난 사랑을 붙잡고 운다면 분명 더 많이 사랑하는 사람이 약자일 테니. 그런 면에서 을의 사랑은 언제나 혼자 남겨진다. 이별을 받아들이는 데 늦고, 잊는 게 느리다. 내가 그런 것 같다. 게으르게 태어난 탓인지 누군가를 잊는 일조차 참 게으르다.

영화 〈조제, 호랑이 그리고 물고기들 Josee, The Tiger and The Fish, 2003〉을 보면서 조제가 더 많이 사랑하는 사람이라고 생각했다. 쓰네오는 더 많이 사랑한 사람이 아니라 사랑받은 사람이라고.

다리가 불편한 조제는 누군가의 도움 없이는 바깥나들이를 할 수 없다. 집 밖으로 나가기 위해서는 누군가의 등에 업혀야 하거나 유모차, 휠체어 등의 이동 수단이 꼭 필요하다. 조제와 쓰네오의 우연한 만남 이후 쓰네오는 하루 종일 집 밖으로 나오지 못하고 어두운 방 안에서 홀로 지내야 하는 조제를 외면할 수가 없다. 자존심이 강한 조제지만 쓰네오의 연민이 싫지만은 않다. 조제는 쓰네오를 위해 요리를 하고 쓰네오는 기꺼이 조제의 이동 수단이 되기로 한다. 같은 집에서 같이 잠들고, 사랑하고, 눈을 뜬다. 그렇지만 조제는 언젠가 쓰네오를 떠나보내야 한다는 걸 알고 있다.

쓰네오는 조제를 집안 어른께 소개드리기로 마음먹지만, 그들이 조제를 어떻게 받아들일지 두렵다. 아니, 쓰네오는 조제를 소개할 자신이 없다. 쓰네오를 따라나선 조제지만, 애초 조제가 정한 여행의 목적지는 쓰네오의 집이 아니다. 조제는 쓰네오와 함께 수족관의 물고기가 보고 싶었다. 그리고 동물원의 호랑이가 보고 싶었고 바다가 보고 싶었을 뿐이다. 어느 날 쓰네오는 조제와 함께 예정에 없던 여행을 떠난다. 수족관의 물고기를 보고 싶었지만 수족관이 휴관이라 물고기는 볼 수 없었고, 둘은 동물원 호랑이 앞에 마주선다. 조제는 오랫동안 사랑하는 사람과 무서운 호랑이를 보고 싶었다며, 이제는 혼자서도 호랑이가 무섭지 않다고 말한다.

여행이 끝나고 잠든 쓰네오 곁에서 조제는 쓰네오를 만나기 전 자신의 삶을 어두운 심해에 빗대어 이야기한다. 그곳은 "빛도 소리도 없고, 바람도 안 불고 비도 안 오는, 정적만이 있는 곳"이라고. "언젠가 네가 사라지고 나면 난 길 잃은 조개껍질처럼 혼자 깊은 해저에서 데굴데굴 굴러다니겠지."라고. 그리고 이 사랑이 언젠가 끝날 거라는 걸 알고 있다고. 그러면서 덧붙인다. 그것도 그런대로 나쁘지는 않다고.

여행 후 얼마 지나지 않아 둘은 짧은 이별 인사를 나눈다. 조제는 마치 직장에 출근하는 쓰네오를 배웅하듯이 담담하게 보낸다. 쓰네오 역시 여느 날처럼 퇴근 후 돌아올 것처럼 조제와 인사를 나눈다. 오래전부터 이별의 아침을 맞을 준

비를 해온 사람들처럼. 훗날 쓰네오는 조제와의 이별을 '담
백한 이별'이라고 했지만, 조제와 헤어진 그날 그는 길거리에
주저앉아 가슴을 부여잡고 펑펑 울음을 쏟아냈다.

　　이제 조제가 마주하는 건 외로움이다. '빛도 소리도 없
고, 바람도 안 불고 비도 안 오는, 정적만이 있는 곳'. 그곳은
처음부터 아무것도 없었기에, 외로움 또한 없던 세상이었다.
쓰네오가 떠난 자리는 고스란히 외로움으로 채워질 거라는
걸 조제가 몰랐을 리 없다. 그리고 조제는 길 잃은 조개껍질
처럼 혼자 깊은 해저에서 데굴데굴 굴러다닐지도 모른다. 지
독한 외로움. 외로움조차 모르던 사람에게 주어진 외로움은
괴롭도록 외로울 테다.

　　　　　　　　언젠가 이 영화를 두고 누군가와 약간
의 논쟁이 있었다. 얘기를 나누면서도 난 가슴을 쓸어내려야
했다.

　　"그래도 나는 조제가 다시 혼자 깊은 해저에서 데굴데굴
굴러다니더라도, 조제의 마음 안에는 쓰네오와의 사랑으로

품었던 빛과 따뜻함이 간직되어 있다고 생각해. 헤어짐은 아프지만 조제는 쓰네오의 사랑으로 성장했고 성장할 거라고."

"성장? 아이들이 무럭무럭 자라날 때나 쓰는 그 성장?"

그 사람은 성장이라는 말에 동의하지 않았다. 경험의 주체가 어린아이이거나 사회적 약자일 때, 대개의 사람들은 그 경험을 성장으로 얼버무린다며 성장이라는 말을 너무 쉽게 갖다 붙인다고. 그러면서 조제가 성장했다는 내 말을 받아들일 수 없다고 했다. 그 경험으로 성장했는지 아닌지는 경험의 주체만이 판단하는 거지, 제3자가 성장을 논하는 건 자기 위안 아니냐고. 맞는 말이다. 내가 경험하지 못한 어떤 일을 두고 성장이라는 말로 대신할 수 없다는 걸 안다. 그래서도 안 되고.

"그런데 말이야, 나는 언제나처럼 사랑한 후에 떠난 사람이 아니라 남겨진 사람에게 눈길이 가. 아니 그 사람이 나 같아. 더 많이 사랑해서 혼자 남겨진 사람. 쓰네오가 떠난 뒤 조제에게 남은 지독한 외로움. 아마 조제는 조개껍질처럼 데굴데굴 굴러다닐 걸 알면서도 쓰네오를 사랑했을 거야. 남겨지는 외로움을 알면서도 사랑을 한 거지. 어쩌면 조제는 언젠가 쓰네오가 떠나고 남은 그 자리를 외로움이 차지한다는 걸 알고 있었지. 매일매일 조금씩 조제는 외로움을 연습하지 않았을까? 내가 그랬으니까. 그래서 성장이라고 했던 거야. 지독하고 아픈 이 외로움을 견디기 위해서, 나를 위로하기 위해서. 나는 성장한다고 믿고 싶었거든. 성장이라는 말, 조제가 아닌 나를 위로하는 말로 이해하면 안 될까? 나는 조제가 무서워한 호랑이가 외로움이라고 생각해."

더 사랑해보지 않은 사람은 아마 모를 거다. 내 인생의 전부였던 그 사람이 떠난 자리를 차지하는 무중력의 외로움을. 어두컴컴한 방을 기어 다니다가 데굴데굴 굴러다닐 수밖에 없는 외로움을. 그러다가 어느 날 문득 외로움을 가만히 들여다보게 된다. 이 외로움은 어디서 왔는지, 왜 생긴 건지. 사랑했기 때문이라는 걸 다시 한 번 더 깨닫게 된다. 그러면서 지난 사랑이 가엽지만 '그것도 그런대로 나쁘지는 않다.'고 스스로 위로하게 된다.

연애 주기가 짧아 일 년 내내 거의 연애 중이라는 이 친구는 외로움을 알까? 나는 그저 술 취한 친구의 넋두리를 듣기만 했다. 그러다가 지난 사랑을 떠올리다 문득 궁금했다.

그 사람이 떠난 자리를
차지하는 무중력의 외로움

어쩌면 더 많이 사랑하는 사람만이 지난 사랑을 복기하는 거 아닐까?

시험을 치른 후 만점자는 시험문제를 다시 풀지 않는다. 시험문제를 틀려본 사람만이 틀린 문제를 다시 틀리지 않기 위해 오답 정리를 한다. 더 많이 사랑한 사람이 지난 사랑을 복기하는 건, 떠난 사람에 대한 미련이 아니라 (그 미련으로 사랑을 복기하기 시작했다고 해도) 사랑하고 있던 그때 내 모습을 다시 들여다보기 위해서다. 이렇게 생각하기로 했다. 그래서 더 많이 사랑한 사람은 사랑을 통해 성장하는 거라고. 그래, 그것도 그런대로 나쁘진 않네. 누군가를 더 사랑한 사람의 사랑은 훨씬 풍요로울 수 있다고 친구에게 말하고 싶었지만 꿀꺽 삼켰다.

2.

그리고 남겨진 안녕

▼
▽

**보통의 존재가 되는
슬픔에 대해**

8

그녀

그날 로마는 비가 내리고 있었다. 집으로 돌아오는 비행기 안, 꼬리뼈가 아파 도무지 잠을 이룰 수 없다. 와인 몇 잔으로 아픔을 달래보지만 소용없었다. 로마를 떠나야 한다는 아쉬움에, 조금이라도 더 로마의 냄새와 풍경을 온 감각에 담으려 서두른 것이 화근이었다. 그만 빗길에 넘어져 보도블록 모서리에 엉덩방아를 찧고 말았다. 비행기 안 좁은 좌석에 엉덩이를 깔고 앉아 있으려니 고통이 장난 아니었다. 인류 진화 과정에서 거추장스러운 꼬리가 퇴화하고 꼬리뼈만 남았다고 하는 말이 떠올랐다. 내 몸에도 꼬리뼈가 있었다는 걸 집으로 돌아오는 비행기 안에서 새삼 아프게 깨달았다. 이런 고통을 원시적 고통이라고 해야 하나.

　　　　　　　원시적 고통을 잊기 위해 노트북을 펼쳤다. 고통을 팝콘 삼아 봤던 영화가 〈그녀Her, 2014〉였다. 주인공 테오도르가 제 몸을 가누지 못하고 주저앉는 장면에서 어찌나 몰입했던지 꼬리뼈 고통을 잠시 잊을 수 있었다. 테오도르는 손편지를 대신 써주는 회사에 고용된 작가다. 손편지 회사에 고용된 작가마다 관리하는 고객들이 정해져 있다. 테오도르는 그중에서 고객이나 고용주에게 능력을 인정받는 작가다. 그가 손편지 작가로 인정받는 비결은 고객의 집안 내력과 대소사를 훤히 꿰고 있을 뿐 아니라 고객이 편지를 받고 싶은 적절한 타이밍에 고객이 떠올리고 싶어 하는 소소한 기억이 담긴 편지를 보내주기 때문이다. 고객의 입장에서 테오도르는 자신의 삶을 가장 잘 알고 있는 유일한 사람인 셈이다. 반

면 테오도르에게 있어 고객은 불특정 다수의 관리 대상일 뿐
이다.

　　손편지로 고객의 무딘 감성을 일깨워 소소한 일상을 위
로하는 일을 하고 있지만 정작 그의 일상은 지루하고 무료하
기 짝이 없다. 한마디로 재미가 없는 삶이다. 친구의 소개로
데이트 상대를 만나보지만 몸도 마음도 끌리지 않는다. 그런
그가 한 여인을 만나면서 삶이 급변한다. 그 여인의 이름은
사만다. 그녀는 모 회사가 만든 운영체제상에 있는 여인이다.
그는 우연히 사만다에게 호감을 느끼기 시작했고 이어 두 사
람은 사랑하는 사이가 된다. 두 사람은 시간과 장소에 구애받
지 않고 이야기를 나눌 수 있는 관계다. 또 마음만 먹으면 언
제든지 사랑을 나눌 수도 있다. 게다가 사만다는 테오도르와
이야기하는 순간마다 인공지능 학습법인 딥러닝Deep Learning을
거듭하는 까닭에 둘의 대화는 한시도 지루할 틈이 없다. 그렇
게 둘의 대화는 날마다 새롭고 흥미로우며 신선하다. 데이트
비용을 치르지 않아도 되고 무엇을 입고 먹을지 따위를 신경
쓰지 않아도 된다. 이보다 효율적이고 완벽한 사랑이 또 있을
까 싶다.

그런데 어느 날부터 그녀와 연락이 잘 닿지 않게 된다. 연락이 닿아도 어딘지 모르게 그녀는 심드렁하다. 그녀가 말하길, 당신을 사랑하지만 당신만을 사랑하는 건 아니라고 한다. 그녀의 대화 상대가 테오도르 한 명에서 N명으로 늘어났다는 사실. 그녀는 대화 상대가 늘어나는 일은 운영체제의 시스템상 자연스러운 변화라고 테오도르를 설득하려 한다. 하지만 그는 도저히 그 말을 받아들일 수가 없다. 우리는 단순한 대화 상대가 아니었고 서로 사랑하는 사이였다며 항변한다. 테오도르는 그렇게 누군가의 유일한 존재에서 보통의 존재로 전락해버리는 그 순간의 고통을 무방비 상태로 맞아야 했다. 세상에 하나밖에 없는 애인에서 수많은 고객들 중 하나가 되어버린 현실. 그가 느낀 슬픔의 본질은 '유일한 한 사람 only one'이 '단지 그들 중 한 사람 just one of them'으로 바뀐 것이다.

          누군가를 사랑하기 전에 나와 누군가는 그저 개별적 개체에 불과하다. 그냥 같은 학교 같은 직장을 다니고 같은 노선의 지하철을 이용하는, 얼굴이나 겨우 익

힌 정도의 그런 수많은 사람들 중 한 명일 뿐이다. 이름을 알
고 지내는 사이라고 해도 서로가 서로에게 유일한 존재는 아
니다. 동시대를 같이 살아가는 사람들 중 한 명에 불과할 뿐
이다. 연인이 된다는 것은 남들과 다를 게 없었던 사람이 유
별나게도 다른 의미를 지닌 존재로 거듭나는 일이다. 이 승격
을 야기하는 촉매제가 바로 사랑이다. 사랑이 강하면 강할수
록 그 사람의 남달라짐도 심화된다. 그렇게 유일해진 사람이
나 자신만큼의 커다란 의미가 된다. 내가 누군가를 좋아하고
사랑하는 일은 축복이다. 또 다른 이가 나를 좋아하고 사랑하
는 일은 기적에 가깝도록 놀라운 일이다. 누군가를 사랑하고
누군가의 유일한 존재가 되는 일은 생이 얼마나 찬란할 수 있
는지를 깨닫는 몇 안 되는 경험 중 하나다. 너무도 가슴 떨리
며 벅찬 일이다.

　이별 혹은 이별 통보는 하루아침에 그 특별한 지위를 박
탈당하는 신호다. 남보다도 못한 사람이 되어야 한다는 사실
을 받아들여야 하는 일보다 더 혹독하다. 부당한 탄핵이기도
하다. 그러니까 어제까지 오직 나랑만 연락을 하고 사랑을 속
삭이며 온갖 내밀한 이야기를 나누었던 사람은 그때부터 나

를 제외한 세계를 구축해나갈 것이다. 이별은 그 사람과 내가 구축한 세계로부터의 영구적인 추방이다. 그 세계에서 그 사람과 함께 주인공이었던 과거만을 남긴 채. 그 세계를 나 혼자 떠나야 한다는 것은 분명 가슴 아픈 상처다. 마음이 남아 있지 않다면야 상관없겠지만 여전히 사랑하는 마음을 놓지 못하고 있다면 그건 아마 지옥일 것이다. 그런 현실을 받아들이는 일은 너무도 힘겨운 일이다. 절대적인 고통이다. 꼬리뼈의 통증 따위는 비할 바가 못 된다.

> "나는 보통의 존재 어디에나 흔하지
> 당신의 기억 속에 남겨질 수 없었지
> 가장 보통의 존재 별로 쓸모는 없지
> 나를 부르는 소리 들려오지 않았지"

밴드 '언니네 이발관'이 부른 〈가장 보통의 존재〉라는 노래 가사다. 마지막 기대마저도 무너져, 사랑했던 사람의 '가장 보통의 존재'가 되어가는 과정을 담담히 읊조린다. '가장 보통의 존재 별로 쓸모는 없지'라는 구절이 특히 와닿는다.

'가장'이라는 말이 참 쓸쓸하다. 한때 그 '가장'이라는 말은 '소중한', '사랑하는' 또는 '최고의'를 수식하는 말이었을 텐데.

종종 상대방은 나의 특별한 직위를 예고 없이 해제한다. 누군가의 가장 소중한 존재였다가 보통의 존재로 강등되는 일은 아무리 겪어도 적응이 되지 않는 끔찍한 형극이다.

테오도르가 사랑한 그녀, 사만다는 거기 어딘가에 있기는 하지만 실재하지는 않는다. 만날 수도 없고 볼 수도 없으며 만질 수도 없다. 목소리로만 존재하는 그녀. 테오도르가 사랑한 그녀는 누구였을까? 또는 그녀가 사랑한 테오도르는 누구였을까?

이별이라는 당혹스럽고 큰 슬픔을 겪은 뒤 유일한 존재가 아닌 보통의 존재가 던지는 질문. 그 사람은 내게, 나는 그 사람에게 누구였으며 어떤 의미였을까? 이별이라는 큰 슬픔을 견뎌야 하는 이유는 이별이 남기는 이 질문에 답을 찾아야 하기 때문은 아닐까?

"가장 보통의 존재 별로 쓸모는 없지."

Good - bye

▼
▽

잘 가요,
내 삶의 또 다른 주인공

가장 따뜻한 색, 블루

일반적으로 블루는 차가운 계열의 색
이다. 냉정과 우울을 의미하기도 한다. 차가운 색, 블루. 대
학 진학을 앞두고 있던 아델은 어느 날 광장에서 우연히 스친
블루(머리카락을 파란색으로 물들인 사람)에 꽂혀 헤어 나오질 못
하게 된다. 아델의 눈에 보이는 색은 오직 블루뿐이다. 우연
히 스친, 누구인지 모르는 그 사람을 다시 만나고 싶다. 또 한
편으로는 이런 감정이 정상인가 싶어 혼란스럽기도 하다. 이

런 감정, 누구에게도 쉽게 털어놓을 수도 없다. 우연인 듯 우
연을 가장한 듯 아델은 엠마라는 이름의 블루를 만나게 된다.
그리고 열정적이고 가장 뜨거운 사랑을 나눈다.

　흔히 '인생이라는 무대'라는 은유적 표현을 자주 쓰곤 한
다. 그 무대의 주인공은 당연하게도 나 자신이다. 하지만 그
연극의 대부분 시간은 모노드라마가 아니다. 때때로 자신만
큼이나 중요한 비중을 가진 인물들과 함께 러닝타임을 꾸려
나간다. 연극은 점차 클라이맥스, 즉 누군가를 사랑할 때로
향한다. 내가 아닌 또 다른 주인공이 출연하고 나는 이 연극
이 끝날 때까지 나만큼이나 소중한 그 사람이 부디 내 곁에
있기를 바란다.

　〈가장 따뜻한 색, 블루Blue is The Warmest Color, 2013〉의 줄거리를
한 문장으로 요약하라고 하면, '아델은 엠마를 지독히도 사
랑했고, 엠마는 아델을 아주 많이 사랑했다.'이다. 아델과 엠
마와의 거리는 '지독히도'와 '아주 많이'의 사이쯤에서 작동한
다. 아델의 인생 무대에서 엠마는 없으면 안 되는 대체 불가
한 인물이다. 네가 행복했으면 좋겠다는 엠마에게 아델은 '너'
랑 있는 게 '행복의 방식'이라고 답한다. 아델 자신의 삶이었

지만 그렇다고 그녀 혼자만의 인생은 아니었다. 두 사람이 헤어지고 아델이 미치도록 괴로워한 건 당연히 그 이유였다.

이별 후 아델과 엠마가 다시 마주 앉는 장면이 있다. 여전한 미련과 그리움을 갖고 있는 아델은 엠마의 몸을 탐하려 한다. 하지만 엠마는 아델을 거부한다. 아델도 알고 있다. 언제부턴가 엠마가 머리색을 블루로 물들이지 않았다는 걸. 엠마에게 새로운 사람이 생겼다는 걸. 이전처럼 격렬하게 서로의 몸을 욕망해서는 안 되는 관계라는 걸. 그런데도 아델은 엠마에게 간청한다. 너에게도 내가 가장 적합하지 않냐고, 이제 우리 둘은 다시는 볼 수 없냐고. 그리고 마지막으로 절규한다. 더 이상 나를 사랑하지 않냐고.

각오를 했다고 아프지 않은 건 아니었다. 뻔히 알면서도 미련스러운 질문을 하고 돌아오는 답변으로 또 한 번 상처받고. 그저 속절없는 울음이 터져 나올 뿐이다. 애써 웃어보려 하지만 눈물이 멈추지 않는다. "미안해, 나 이런 거 알지? 이유 없이 우는 거." 어찌 그 눈물에 이유가 없을까. 세상에서 가장 사랑했던, 그래서 그녀 자신보다 더욱 중요한 존재였던 엠마와의 사랑에 궁극적인 마침표가 찍혔는데.

이때 엠마의 이야기는 아델의 마음에 쐐기를 박는다. "너에게 무한한 애틋함을 느낄 거야." 경우에 따라서는 옛 연인의 따뜻하고 다정한 인사로 볼 수 있지만, 한편으로는 무한히 애틋해도 찰나의 사랑조차 될 수 없다는 절망적인 메시지다. 조금 더, 많이, 치열하고도 미치도록 또 지독하게 사랑해서, 그래서 더 아프다. 이별의 고통은 사랑의 잔량과 비례한다.

여전히 사랑을 놓지 못하고 붙들고 있는 사람에게 이별이란 차라리 우주의 붕괴다. 태양을 중심으로 지구가 돈다는 게 과학적 진리라면 사랑하는 사람을 가운데에 두고 나의 일상이 공전한다는 건 사랑의 관성이다. 지구는 영원히 태양을 돌겠지만 사랑은 지구만큼 질긴 생명력을 갖지 못한다. 그리고 모든 죽음이 그렇듯 사랑의 끝도 종종 '죽을 만큼' 괴롭다. 사랑이 무너진 자리엔 애틋함이 피어나곤 한다. 그렇기에 '무한한 애틋함'에는 무한한 시간이 흘러도 결국 찰나의 사랑조차 될 수 없다는 슬픔이 서려 있다. 사랑과

잘 가요
내 삶의 또 다른
주인공이었던 당신!

애틋함은 분명 다르다. '지독히도'와 '아주 많이'처럼.

　　지금보다는 사랑의 힘을 더 열심히 믿었던 어떤 날. 모든 진심과 정성을 담아 편지를 쓴 적이 있었다. 나만큼이나 중요한 주인공이 되어준 당신에게 정말 고맙고 또 많이 사랑한다고. 우리의 무대가 계속될 거라 착각했다. 어찌 됐든 그 사랑의 엔딩 크레딧이 올라가는 일은 없으리라고 섣불리 예상했었다. 미련스럽게도. 사랑하는 마음이 고작 한 줌의 애틋함으로 변해 미안함과 고마움 정도만 뒤섞인 감정이 될 수 있을 거라는 화학 공식 따위는 내 머리에 없었다. 사랑은 사랑이었다. 사랑은 영원할 것이기에 사랑이어야 했다. 그토록이나 뜨겁고 간절한 마음이 식는 건 말이 안 됐다. 우리 두 사람이 함께 약속한 것들이 얼마나 많은데 세상에서 우리만큼 특별하고 열렬한 사랑을 나누는 연인이 어디 있냐며, 그렇게 믿었다. 우리만큼은 반드시 헤어지지 않을 것이라 어쭙잖게 확신했었다.

　　'우리만큼은'이라는 구절이 '우리마저도'가 되는 데는 그리 오랜 시간이 필요하지 않았다. 더 이상 나를 사랑하지 않는 그녀의 마음을 어떻게 이해할 수 있을지 몰라, 영화 속 아델처럼 미치도록 울었던 기억밖에 없다. 폐허가 되어버린 내 삶의 무대를 바라봤다. 그 사람이 있어서 가능했던 인생인데, 다시 어디서부터 어떻게 복구해야 할지 몰라 아주 오랜 시간 침잠했다. 한참을 울며 이런 인사를 건네야 했다.

"잘 가요, 내 삶의 또 다른 주인공이었던 당신."

▼
▽

미쳤다가,
미쳤었다는 걸 깨닫는 일

○

라이크 크레이지

그 사람을 만나고부터 사랑하고 헤어진
후에도 내 글에는 어김없이 그녀가 등장한다. 그녀 없이는 글
을 쓸 수 없는 사람처럼. 습관처럼 붙잡고 있었다. 헤어지기
전까지는 그녀가 내 글의 유일한 독자였다. 자신이 등장하는
대목을 좋아했고, 다음 글에 등장하는 자신의 모습을 기대하
기도 했다. 생각해보면 참으로 고마운 일이다. 잘 쓰지도 못
하는 글을 호기심 가득한 눈으로 읽어줬다. 잘 쓴다고 호평을

아끼지 않았고 계속 쓰라고 어깨를 두드려주었다. 내가 그나마 글쓰기를 멈추지 않는 건 그녀 덕분일 것이다.

        영화 〈라이크 크레이지Like Crazy, 2018〉의 여주인공 애나도 틈만 나면 글을 쓴다. 제이콥을 만난 후 사랑하고 같이 살아가는 이야기를. 침대 위에서 쓰기도 하고 식탁에서도 글을 쓴다. 창틀에 앉아 창밖 세상을 살피며 유일한 독자인 제이콥을 위해 글을 쓴다. 사랑을 기록하는 애나를 위해 제이콥은 애나의 글쓰기 전용 의자를 만들어 선물한다. 그의자에 제이콥이 새긴 글귀가 바로 'Like Crazy'다.

        영화 〈라이크 크레이지〉는 있는 그대로의 사랑과 현실을 담담하면서도 아프게 그려낸다. 동거, 장거리 연애, 이별, 그리움 그리고 재회에 대한 어리석은 간절함과 실망이 가득하다. 거기에 따라오는 체념과 좌절까지는 물론 사랑이 피어나서 지기까지의 현실을 섬세히 묘사한다.

        〈라이크 크레이지〉라는 제목처럼 어쩌면 사랑이란 '미쳤다가, 미쳤었다는 걸 깨닫기까지의 과정'일지도 모른다. 미친

사람은 자신이 미쳤다는 걸 모른다. 미치지 않아야 미쳤다는
걸 알 수 있을 테니.

　　　　　　　살면서 처음 사랑에 빠졌던 순간만큼이
나 어마어마했던 각성과 전율은 없었다. 누군가를 좋아하는
일과 사랑하는 감정을 분리할 수 있게 된 것도 그때부터다.
연애 경험이 한두 번이 아니었고 그렇기에 누군가를 좋아하
는 경험이 전혀 낯설지만은 않았음에도 그랬다. 마음속을 헤
집고 무작정 굴러다니는 그 녀석의 정체를 도저히 알 수가 없
던 때가 있었다. 처음 느끼는 맥락 없는 감정에 한참을 고민
했었다. 다행히도 '사랑'이라는 단어가 있었다. 덕분에 그 느
낌을 겨우 명명할 수 있었다. 미쳐버릴 것만 같이 어지럽고
아득한 감정이 바로 사랑이라고. 아니 엄밀히 이야기하면 사
랑의 시작이자 도입부라고.
　　사랑의 전율에 진심으로 탄복할 수도 있다는 건 분명한
축복이다. 하지만 그 시작의 축복을 마냥 축하만 할 수는 없
게 만드는 참 안타까운 게 하나 있다. 대부분의 경우에 이 사

랑이 꺼져가는 슬픔 역시도 느껴야 한다는 씁쓸함이다. 그렇게나 뜨거웠고 열정적이었던, 그래서 감당이 안 될 만큼 행복했던 감정이 차갑게 식어버려 온전히 미쳐 있었던 날들을 감당해야 하는 것. 그러니까 말하자면 미쳐 있는 줄도 몰랐던 그날들이 실은 미쳤던 순간들이었음을 깨닫는 일은 너무도 비극적이다.

　미친 듯 보일 정도로 뜨겁고 열렬하게 사랑에 임했던 애나와 제이콥의 감정이 식어버리는 과정은 너무도 자연스럽게 전개된다. 이별이 담담히 찾아온 것이다. 수많은 약속들을 함께 맹세했던 사람의 마음이 저무는 것도 참 슬픈 일이지만, 스스로의 사랑이 식어버리거나 끝나버리는 일 역시 그에 못지않게 아픈 일이다. 평생 모르고 살던 행복과 설렘을 사랑 덕분에 알게 되었는데, 이 축복 같은 시간과 감정이 사라지고 그 공간을 가득 채우는 공허함.

　끝난 사랑보다 더욱 아린 건 끝나가는 사랑을 지켜보는 일. 그럼에도 사랑이 지속되기를, 그것도 이전처럼 타오르기를 바란다면 소망과 현실 사이의 괴리에서 오는 쓰라림은 훨씬 더 커진다. 차라리 이별을 결심하면, 그래서 이 사랑의 마

지막을 각오한다면 사랑의 냉각을 비교적 더 작은 파동으로
겪을 수 있지 않을까.

                          하지만 〈라이크 크레이지〉에서처럼 식
은 사랑임에도 이전과 같은 뜨거움과 타오름을 기대한다면,
그래서 이미 구겨져버린 종이를 어떻게든 다시 깨끗하게 펼
치려 애를 쓴다면 그건 애쓴다고 될 일이 아니다. 그런 의미
에서 사랑의 환상에서 벗어나 현실로 돌아오는 여행은 더욱
쓰라릴 테다. 〈라이크 크레이지〉는 이 여행에 관한 기행문이
었다. 식은 사랑인 걸 뻔히 알면서도 미련한 기대를 계속 품
어야 한다면, 그것만큼 힘든 일이 또 있을까.
    〈라이크 크레이지〉를 보면서 나는 '사랑의 임종'이란 단
어를 떠올렸다. '그냥' 시작되어 '미칠 정도로'까지 타올랐던
이들의 사랑은 말 그대로 '그냥' 식어버렸다. 둘 중 누구 하나
가 불치병에 걸리거나 이와 비견될 만한 대단한 사건이 발생
해 두 사람을 갈라놓은 게 아니다. 너무나도 평범한 연애였지
만 두 사람의 사랑은 그냥 식어버렸다. 세상에, 사랑이 '그냥'

그렇게 식어버리다니.

애나도 제이콥도 이 사랑이 끝나가고 있다는 걸 안다. 알지만 어쩌다 우리 사랑이 소생 불가능한 상태에 이르게 되었는지, 이 지경이 될 때까지 우리가 뭘 잘못했는지는 설명할 길이 없다. 헤어져야 할 결정적인 이유가 없는데 이미 헤어져버린 사랑이다. 둘 중 누구라도 먼저 사랑의 임종을 인정하면 좋으련만. 둘 다 그저 끝나가는 사랑을 지켜볼 뿐이다.

사랑이 지나온 길들과 얼마 남아 있지 않은 사랑의 시간 속에서 앞으로 나아가지도, 그렇다고 뒤로 돌아가지도 못하는 두 사람의 모습에 가슴이 아렸다. 누구보다도 시끌벅적하고 찬란하게 사랑하던 이들의 사랑이 저무는 데에는 별다른 이유가 없었기에.

사랑이 저리도 차갑게 식어버릴 수 있다는 것에 놀랐다. 흔해빠진 평범한 연애였을 뿐인데 그 현실이 그렇게 불편하고 아팠다. 못내 외면하고 싶었던, 보편적 사랑의 보편적 과정이었기에 더더욱.

하지만 여기까지 적고 보니, 사랑에 대해 이리 체념적일 필요는 없다는 생각이 스친다. 사랑이 우리를 미치게 한다면 기꺼이 미쳐야지, 다른 방안이 있겠는가. '미쳤다가, 미쳤었다는 걸 깨닫게 되는' 게 사랑일 수도 있다. 하지만 또 다른 측면에서 사랑이란 '미쳤다가, 미쳤었다는 걸 깨달았다가, 그래도 다시금 미치는 것'일지도 모른다.

"더욱 아린 건 끝나가는 사랑을 지켜보는 일."

▼
▽

지난 사랑이여,
부디 안녕히

🔘

블루 발렌타인

"안 되는 건 안 되는 거야."

    헤어지자는 말을 받아들이지 못하는 나를 향해 그 사람이 던진 말이다. 뭘 해도 안 된다는, 그러니까 뭘 하려고 하지 말고 그냥 받아들이라는 이 말. 그때도 지금도 참 무서운 말이다. 이 말의 통증이 그대로 남아 마음속에 아직도 박제되어 있는 듯하다.

이 말은 어차피 안 될 일에 더 이상 매달리지도 용을 쓰
지도 말라는, 그 모든 간절했던 희망과 바람 그리고 기대를
폐허로 만드는 마지막 일격이다.

누군가는 헤어질 마음이 없는데 누군가는 이미 헤어지기
로 작정한, 그래서 누군가는 일방적으로 헤어짐을 감당해야
하는 이별은 너무 불공평한 서사다. 쿨하게 인정하면 좋겠지
만 그게 쉽지 않았다. '왜, 우리는 안 되는지'를 묻고 또 물었
다. 지독히도 미련스럽게. "나는 될 거 같은데, 왜 너만 안 되
냐."면서.

영화 〈블루 발렌타인Blue Valentine, 2010〉의
남자 주인공 '딘'이 낯설지 않았다. 그에게서 내 모습을 볼 수
있었기 때문이다. 의대생 신디는 영원한 사랑을 꿈꾸고 이삿
짐센터 직원 딘은 운명적 사랑을 믿는다. 병원에서 우연히 만
난 신디에게 딘은 안식처 같은 남자가 돼주겠다고 약속한다.
둘의 타오르는 사랑의 감정은 재채기만큼 참기 힘들다. 신디
는 운명적 사랑을 믿는 딘과 영원한 사랑을 꿈꾼다. 그리고

둘은 결혼을 한다. 화면은 결혼 6년차로 바뀐다. 두 사람에게
는 눈에 넣어도 아프지 않은 딸이 있다. 딘이 습관처럼 입에
술을 달고 살지만 여전히 살가운 남편이고 자상한 아빠다.

　　그런데 감정은 메말랐고 현실은 지루해졌다. 두 사람을
둘러싼 공기는 어느덧 차가워졌다. 신디는 딘과 지내는 하루
하루가 힘겹다. 숨이 막히고 어디론가 벗어나고 싶다. 그나마
출퇴근할 수 있는 직장이 있다는 게 위안이다. 딘이라고 다를
게 없다. 신디가 달아날까 하루하루가 불안하다. 그녀를 달래
기 위해 애써보지만 타이밍이 안 맞고 감정은 어긋나기 일쑤
다. 딘이 사랑을 되찾을 방법을 고민하지만 헛된 바람과 헛된
수고의 반복이다. 결국 둘은 사랑하는 연인들을 위한 폭죽이
터지는 날인 밸런타인데이에 헤어지고 만다.

　　한 사람의 오른손과 다른 한 사람의 왼손이 손을 잡고 함
께 오늘을 살아가고 내일로 걸어가는 사랑은 어찌 보면 그 자
체로 기적 같은 일이다. 각자의 손이 서로에게 머물게 되기까
지 얼마나 많은 것들을 만지고 또 느끼며 살아왔을까. 서로의
손이 서로의 손에 머물며 그렇게 손과 손을 잡는 일은 서로의
삶을 감싸는 행위이기도 하다. 하지만 '머무름'과 '정착' 사이

에는 안쓰러운 구분이 있다. 서로의 역사가 이렇게 접점을 이루며 두 손이 제자리에 정착했다고 믿었건만, 그건 사실 머무름일 뿐이었다. 영원인 척 잠시 머물렀던 사랑은 어느새 떠날 채비를 마쳤다. 그 움켜진 손을 놓아야 할 시간이 불행하게도 영화 속 연인에게도 찾아오고 말았다. 잡은 두 손을 다시 푸는 것일 뿐인데, 손이 떨어질 때는 마치 마음 안의 무언가도 함께 떨어지는 것만 같은 느낌이다. 딘은 더 세게 이를 움켜쥐고 붙잡아보려고 애쓰지만, 그건 소용 없는 일이었다.

영화 〈블루 발렌타인〉은 생명이 다하여 저물어버린 사랑을 그려낸 영화다. 이 사랑의 연명 치료는 더 이상은 불가능하다. "안 되는 거는 안 되는 거다."

밸런타인데이를 맞아 딘이 초라한 변두리 호텔에서 관계를 호전시켜보려고 노력하지만 신디는 더 멀어진다. 이 장면은 뜻하지 않은 임신으로 당황한 신디에게 딘이 "가족이 되자."고 청혼하며 뜨거운 포옹을 하는 과거 장면과 교차된다.

현재의 신디가 "네가 술 먹는 것도 지겹고 너에게 화내는 것도 지겹다."며 이혼을 요구할 때, 과거의 신디는 "기쁠 때나 슬플 때나 사랑하겠다."며 혼인 서약을 한다.

영원한 사랑을 꿈꿨던 신디와 운명적 사랑을 믿었던 딘. 신디는 자신이 헛된 꿈을 붙들고 있다는 걸 인정해야 하고, 딘은 자신의 믿음을 의심할 수밖에 없다. 내 믿음에 대한 배반. 자신의 믿음이 틀리지 않았다는 걸 증명하기 위해 과거의 눈부시게 아름다웠던 사랑을 기억해내지만 그 사랑이 눈부실수록 현재는 더 초라하고 삭막하다. 과거의 사랑을 붙들수록 과거로부터 멀어질 뿐이다.

"안 되는 거는 안 되는 거다."

신디가 딘에게 했던 이별의 말도 이 말 아니었을까? 이 말을 했던 그 사람도 알고 있지 않았을까? 이 말이 내게 상처로 남는다는 걸. 영화 속 딘처럼 사랑의 깨진 조각을 맞추기 위해 필사적으로 애쓰는 내가 안쓰러웠을 거다. 그러니 더는 애쓰지 말라고, 그럴수록 너만 아프다고.

이제는 서로가 서로를 지탱해낼 수조차 없는 두 사람. 서로의 삶을 서로에게 더 이상 기댈 수 없는 두 사람의 끝이다. 찬란했던 날들은 한 줌의 우악스러움이 되어 남겨지게 되었다. 사랑이라는 이름의 화려한 궁전이 실은 가건물보다도 못한 내구성을 가지고 있었다는 사실. 이를 그제서야 영원을 약속했던 두 사람이 알게 된 것이다. 그렇게 남겨진 사랑의 폐허에서, 그러니까 한없이 볼품없고 무기력한 그곳에서. 지난 사랑이여, 부디 안녕히.

3.
행복하기를 바라요

▼
▽

우리만이 알고 있는
그곳에서 혼자

⦿

파수꾼

노래가 있어 다행이다. 불온한 날들을
위로받을 수 있었다. 도저히 말로는 설명할 수 없을 거 같은
복잡한 심정을 기가 막히게 알아챈 가사와 심장에 꽂히게 하
는 운율. 노래가 있어 견딜 수 있는 날들이 많았다. 특히 밴드
'넬NELL'이 있어서 참 다행이다. 넬의 노래에 기댄 날들이 짧지
않았다.

　　또 영화가 있어 다행이다. 내 곁에 영화가 없었다면 세

상 참 단순하게 살 뻔했다. 나만 억울하게 이별하고 나만 사는 게 막막할 뻔했다. 다른 세상을 경험할 수 있는 영화가 있어 참 다행이다.

　　예술을 한마디로 정의하라면 '굳이'의 의무를 지닌 창작 행위라고 말하고 싶다. '굳이' 일상을 들여다보고, 사소한 생각의 조각을 끄집어내고, '굳이' 기억해내게 하고, 아픈 데를 쑤시고, 민낯을 드러내게 하며, 하고 싶지 않은 이야기를 '굳이' 끄집어낸다.

　　열렬한 환희와 저미는 눈물, 뛸 듯한 희열과 무너질 듯한 절망을 '굳이'의 영역에서 펼쳐 보인다.

　　　　　　　　영화 〈파수꾼Bleak Night, 2010〉이 그랬다. 이 영화는 '굳이' 누군가의 죽음을 쫓는다. 나는 지금까지는 가까운 사람의 죽음을 경험하지 않았다. 생과 사를 가르는 아픔을 알지 못하고 또 '굳이' 그 아픔을 알려고도 하지 않았다. 누군가의 죽음을 나와 연관시켜본 적도 없다. 죽음은 그저 나와는 상관없는 남의 일이었을 뿐이다. 이 영화가 아니었다면 여전히 나는 죽음을 '굳이' 나와 연관 짓지 않았을 것이다.

영화 초반 물리적인 폭행 장면이 등장한다. 그리고 곧바로 카메라는 자식을 잃은 한 아버지의 얼굴을 비춘다. 나는 아주 단순하게 '방금 폭행을 당했던 그 아이가 삶을 끊어냈다'고 짐작했다. 하지만 죽은 아이는 폭행을 당한 아이가 아니었다. 그 반대로 폭력을 휘두른 가해 학생이다.

왜 나는 피해 학생이 자살했을 거라고 생각했을까? 이때 느낀 당혹감과 혼란스러움. 피해 학생과 자살을 무슨 공식처럼 자연스럽게 연관 짓다니. 나는 언제부터, 왜, 무슨 이유로 자살과 피해자를 공식처럼 연관 지었던 걸까? 또 한 번 당혹스럽고 혼란스러웠다.

영화를 보는 나만 당혹스럽고 혼란스러운 건 아니다. 영화의 등장인물 모두가 당혹과 혼란을 겪는다. 죽은 아이는 학교의 일진이다. 학교에서 누구나 알아주는 짱인 기태다. 기태는 아이들을 괴롭히면 괴롭혔지 괴롭힘을 당할 아이가 아니다. 그런데 그런 아이가 스스로 죽었다. 아버지는 아들 기태의 죽음이 혼란스럽다. 아들에게 무심했던 아버지는 아들이 죽고 나서야 아들이 어떤 생각으로 어떻게 살았는지 궁금해

Alone

한다. 그는 아들 기태가 죽음을 선택하기까지의 지난 삶을 뒤쫓는다. 그러니까 이 영화는 열여덟 살 짧은 생을 스스로 마감한 기태의 일대기라 할 수 있다. 그리고 동시에 기태의 친구인 희준과 동윤의 회고록이기도 하다.

기태는 주먹을 앞세운 폭력으로 아이들을 굴복시킨다. 또 그런 방법으로 친구를 만들어간다. 그렇게 만난 관계를 우정으로 착각하지만 주변 친구들이 하나둘 기태 곁을 떠난다.

그럼에도 기태 곁에 남아 있는 친구가 있다. 희준과 동윤이다. 세 친구는 폐쇄된 기차역을 아지트 삼아 어울린다. 서로가 전부였던 세 친구. 그렇지만 기태가 희준을 오해하고 오해는 오해를 낳는다. 한번 시작된 오해는 폭력으로 이어진다. 물리적 폭력과 무시, 독설과 따돌림, 집단 폭행이 서로에게 가해진다. 세 친구의 관계가 흔들릴수록 기태의 폭력은 폭주하고 기태 자신도 자신을 통제할 수 없는 지경에 이르고 만다. 희준이 떠나고 기태 곁에 동윤이 혼자 남아 있다. 모두가 떠나도 자신을 가장 잘 이해해주는 친구 하나면 충분하다고, 그 친구가 자기를 알아주고 인정하면 그걸로 충분하다고 믿는 기태.

그러나 기태는 동윤마저 떠날까 봐 두렵다. 어디서부터 잘못되었을까? 왜 이렇게까지 되었을까? 기태는 그저 아무 일도 없었던 처음으로 돌아가고 싶다. 그런 기태에게 동윤이 내뱉은 말.

"잘못된 건 없어. 처음부터 너만 없었으면 돼."

이 한마디에 기태는 무너져 내린다. 그리고 스스로 생을 마감한다.

기태의 열여덟 살 삶은 폭력으로 얼룩져 있다. 기태는 어디서부터 잘못된 걸까? 아들의 죽음을 뒤쫓는 아버지가 품는 질문이다. 기태는 이런 사람이었다. '제때' 그리고 '정확하게' 표현할 줄 모르는 아이. 거절에 익숙하지 않은 아이. 거절당함에 익숙하지 않았고 거절을 받아들이지 못하던 아이. 어찌됐든 자신이 미안하다고 하면 모든 게 다 괜찮아질 거라 생각했던 아이. 모든 게 다 괜찮아지기를 절실히 바랐던 아이. 그리고 그 절실함이 붕괴되었을 때 한없이 괴로워한 나약한 아이. 기태는 이런 사람이었다. 그리고 너무도 나약하고 유약해

서 그것을 감추기 위해 되레 폭력이라는 위악까지 동원해야
했던 아이다. 이런 기태가 유일하게 기대고 의지했던 친구가
동윤이었다.

　"처음부터 너만 없었으면 돼."라는 동윤의 말은 기태에
게 사형선고였을지 모른다. 그러나 동윤 역시 몰랐을 것이다.
자신의 말이 기태에게 사형선고가 되리라는 걸. 기태는 너만
은 내 편이라고 믿었던 동윤에게 "어디서부터 잘못된 걸까?"
라고 묻는다. 기태가 동윤에게 듣고 싶어 했던 답은 무엇이었
을까?

　기태와 같은 나이였던 열여덟 살에 이 영화를 처음 봤을
때와 지금의 느낌은 상당히 다르다. 그때는 같은 남자 고등학
생으로서 공감했다면 지금은 안쓰러움이 지배적이다. '그래
도 그 말은 하지 말지.' '그런 말은 아니었을 텐데.' '그렇게 행
동하지는 말지.'라는 이야기를 스크린 속 주인공들에게 건네
주고 싶다. 미약함과 나약함을 위악으로 감추던 시절이 나 역
시 있었기에, 그리고 그것이 본인에게도 타인에게도 생채기
를 낼 수 있다는 걸 이제는 알기에. 그래서일까? 이 영화를
다시 보았을 때는 영화의 마지막 장면이 눈에 들어왔다.

영화의 마지막 장면. 세 친구가 야구를 하며 우정을 키웠던, 세 친구만의 공간이었던 폐쇄된 기차역이다. 기태가 공을 치며 동윤에게 묻는다.

"누가 최고야?"

그때 동윤은 "니가 최고야, 친구."라고 답한다.

치기와 위악이 만났을 때 어떤 결과가 초래될지 그 나이의 동윤이 모르는 건 당연한 일이었다. 동윤의 말 한마디가 절친했던 친구를 자살로 내몰 줄 정말이지 동윤은 몰랐을 테니까. 기태가 없는 폐쇄된 기차역. 거기 동윤이 혼자 있다. 너와 나 구분이 없는 '우리'라고 믿었고, 우리들만의 세상이었던 그곳에. '우리'가 붕괴된. 그러나 여전히 '우리'만이 알고 있는 그곳에 동윤이 혼자 있다. 그때 기태에게 했어야 하는 말을 삼킨 채로.

동윤이가 감당해야 하고 견뎌야 할 날들이 안쓰럽고 안타깝다.

만약 내가 동윤이었다면 기태의 '파수꾼'이 될 수 있었을까? 영화는 내게 이 질문을 던지고 있다. 굳이.

"어디서부터 잘못된 걸까?"

**마지막 외침,
나를 버리지 말아요**

한공주

'굳이' 질문하는 영화가 또 한 편 있다. 영화 〈한공주Han Gong-ju, 2013〉. 이 영화는 성폭행을 당한 아이 스스로가 누군가의 도움 없이, 아니 도움을 받지 못하고 스스로를 변호하는 과정을 그리고 있다. 아무도 그 아이에게 "너는 잘못한 게 없어."라고 말하지 않는다. 오직 그 아이 혼자 '나는 잘못한 게 없다'는 걸 알고 있을 뿐이다.

　　　이 영화는 '굳이' 성폭력 피해자가 겪는 고통과 트라우마를 들추지 않는다. 사람들은 성폭력을 당한 '한공주'라는 아이에게는 관심이 없다. 당연히 그녀가 마주한 트라우마도 관심거리가 아니다. 공주는 그저 성폭력을 당한 불쌍한 아이라는 이야깃거리로 소비될 뿐이다. 그들의 관심은 오로지 성폭력이라는 사건을 해결하는 데 있을 뿐이다.

학교는 당장 공주를 전학시키는 것으로 문제를 해결하려 든다. 담임선생은 공주가 지낼 만한 곳을 알아봐 주는 선에서 도리를 다했다고 물러나고 만다. 또 가해 학생의 부모들은 돈으로 문제를 덮으려 할 뿐이다. 그뿐 아니다. 아버지조차 가해 학생을 위한 탄원서를 종용한다. 덩달아 경찰도 탄원서를 들이민다. 공주의 주변 인물 그 누구도 공주가 관심사가 아니다. 그런 와중에 공주는 거기서 혼자 버티고 서 있다. 자신이 잘못한 게 없다는 걸 증명하기 위해서다. 그래서 공주는 죽을 생각이 없다.

더러는 차마 입 밖으로 내뱉지 못하지만 공주의 자살을 생각하는 이들도 분명 있을 테다. "나 같으면 그 끔찍한 일을 당하고 못 살 거 같아." "사는 게 더 지옥 아닐까?"라며.

공주와 같이 성폭행을 당했던 친구는 원치 않은 임신까

지 하게 되었고, 성폭행 얼마 후 결국 자살했다. 이를 옆에서
지켜보면서도 누구의 지지나 응원도 없이 자신의 세계와 주
위가 붕괴되어 가는 도중에도 공주는 끝내 죽지 않았다. 아
니, 그때까지는. 정말 다행스럽게도, 공주가 생존 수영을 굳
이 배우는 이유도 물에 빠져 죽고 싶지 않았기 때문이었다.
물에 빠지더라도 오로지 자력으로 헤엄쳐 나오고 싶다. 그런
데 결국 공주는 자살한다. 그것도 물에 빠져.

　　　　　　　　　　어쨌든 '성폭행'은 분명 공주라는 열일
곱 살의 평범한 고등학생 삶을 돌이킬 수 없는 지점으로 옮겨
놓았다. 죄 없는 아이에게 난데없는 낙인을 찍었고 삶을 통째
로 뒤흔들었다. 이건 사실이다. 어떤 부정과 왜곡도 허용치
않는 사실이다. 공주는 성폭행을 당해서 자살한 걸까? 성폭
행이 자살의 원인일까? 이 영화가 던지는 질문이다. 공주의
죽음으로부터 너는 자유로운가를 아프게 묻는다.
　　새로 전학을 간 학교에서 공주는 어떻게든 견디고 살아
내려고 애쓴다. 그나마 공주 곁에 은희라는 친구가 있다. 밝

나를 버리지 말아요

고 명랑 쾌활한 아이다. 공주 노래 실력을 인정하고 막다른 길에 서 있는 공주 곁에 같이 있어줬던 아이다. 그러나 공주는 전학 간 학교에서도 더는 견딜 수가 없다. 가해 학생의 부모가 몰려오게 됨에 따라 다시 한 번 성폭력 피해자로 낙인이 찍히고 만다. 살고 있던 집에 더는 머물 수도 없다. 어디로 가야 하나. 공주가 강물에 몸을 던지기 전에 마지막으로 은희에게 전화를 건다. 무심한 전화벨 소리. 공주의 마음을 조금이라도 열게 했던 그 친구마저도 공주의 마지막 전화를 피하고야 만다.

공주가 은희에게 하고 싶었던 말은 무얼까?

처음엔 공주의 마지막 전화가 절박한 구조 요청이었다고 생각했다. 은희가 공주의 전화를 받았다면, 그리고 공주에게 "넌 아무 잘못 없어."라고 말했다면 공주는 죽지 않았을 거라고. 공주가 기댈 수 있는 사람이라곤 은희밖에 없었다고. 그런데 이런 생각도 나 편하자는 건 아닐까 싶었다.

공주라면 은희에게 듣고 싶었던 말이 있어서가 아니라 하고 싶은 말이 있어서 마지막으로 전화를 했을지도 모른다고 다시 생각해본다. "고마웠다."고, "네가 있어서 그나마 노래를 부를 수 있었다."고.

　그래서 더 미안하다. 과연 나는 누군가에게 영화 속의 학교나 선생, 아버지나 경찰인 적이 없었는지. 누군가의 친구인 적이 있는지. 그렇게 모든 죄의식을 다 털어내 버리고 아무렇지 않은 척 살고 있는 건 아닌지. 이 섬뜩한 질문 끝에는 차마 소리 지를 수 없던 공주의 마지막 외침이 존재한다.

　"나를 버리지 말아요."

　그리고 아프다. 닿을 수 없는 스크린 너머로 간절히 "그래도 죽지 마, 제발 그러지 마."라고 외쳐볼 뿐.

"넌 아무 잘못 없어."

▼
▽

고칠 수 없는,
생의 상처에 대해

⚈

맨체스터 바이 더 씨

고쳐질 수만 있다면 사실 난 아주 아름
다울 거라고, 밴드 넬의 어떤 음악은 그렇게 이야기한다. 그
말은 고쳐지지 않는다면 아름답지 않다는 뜻이거나, 고칠 수
도 없다면 아름다움은 기대조차 요원하다는 의미일 테다. 끝
내 고칠 수 없는 생을 붙잡고 아등바등 살아가야 하는 삶을
그려낸 영화 〈맨체스터 바이 더 씨Manchester by the sea, 2016〉를 뒤늦
게 보았다. 스스로에게조차 영원히 용서받을 수 없는 지난날

을 있는 힘껏 껴안고 걸어가야 하는 삶이 이 영화 주인공 '리'
가 감당해야 하는 몫이다.

리는 별걸 다 고친다. 그는 수도관을 고치고 전등을 갈고
눈을 치우며 쓰레기도 시원하게 버린다. 심지어 막힌 변기까
지 거침없이 뚫으며 지낸다. 그의 직업이 건물을 관리하는 잡
역부라서 그런지 '고침의 역설'이 더욱 돋보였다. 그렇게 별걸
다 고치지만 정작 자신의 인생은 고칠 수 없다는 슬픈 아이러
니가 바로 '고침의 역설'이다.

그는 열심히 일하지만 항상 무표정이고 생기가 없다. 기
본적으로 사람을 대하는 태도가 까칠하다. 종종 입주민과 말
싸움을 하기도 하고 술집에서 술을 마시다 시비를 걸고 주먹
질을 하곤 한다.

어느 겨울날 리는 고향 맨체스터에 살고 있는 형이 지병
으로 사망했다는 소식을 듣는다. 그는 고향으로 돌아가서 형
의 죽음을 확인한다. 장례를 치른 후 유언장을 확인하고 형의
아들인 조카 패트릭을 돌봐줘야 했다. 이 일을 처리할 가족이
본인밖에 없다. 고향에 온 그는 고군분투하지만 큰 곤욕을 감
수할 수밖에 없다. 땅이 차갑게 얼어 날이 풀릴 때까지 형 시

신을 묻을 수 없다는 말을 듣고 망연자실한다. 거기에 형이 상의도 없이 자신을 조카의 후견인으로 지정해놓았다는 사실을 그제서야 발견한다. 그의 뜻대로 되는 일이 하나도 없다. 게다가 고향에 오자 도저히 마주하고 싶지 않았던 기억들과 불가항력적으로 마주하게 된다.

형의 유언장을 확인하러 변호사 사무실에 갔을 때, 과거의 기억이 불현듯 갑자기, 훅 밀고 들어온다. 잊고 싶었던, 잊었다고 생각했던, 아니 잊을 수 없어서 마주할 수 없었던 기억. 그 기억이 전혀 예상치 못한 순간 예상치 못한 곳에서 그를 휩싸고 만다.

그는 고향 맨체스터에서 아내 랜디와 세 아이들과 함께 살았었다. 어느 겨울 새벽, 그는 벽난로 안전망을 치는 것을 깜빡하고 맥주를 사러 집을 나섰다. 그가 돌아왔을 때 집은 화염에 휩싸인 뒤였다. 아내만 기절했다가 구출됐다. 세 아이들은 황망하게 죽어버렸다. 경찰이 화재 사건을 조사해 사고라고 결론짓고 그를 집으로 돌려보낸다. 스스로를 용서할 수 없는데, 마땅히 극심한 벌을 받아야 할 것 같은데, 가라니, 실수라니. 자신의 어린 아이들이 화염에 휩싸여 그 여린 생을

잃었는데, 그것도 자신의 실수로 그렇게 되었는데, 집에 가라니. 리의 감정은 이를 도저히 받아들일 수 없다.

그는 아예 마음을 비웠다. 그때의 기억을 마주할 자신이 없기 때문에 차라리 아무것도 느끼지 않은 채로 살아가겠다는 마음이었을 게다. 그러나 다시 고향으로 돌아오면서 과거의 기억에서 벗어날 수가 없다. 시간이 아무리 흐른들 여전히 그는 그때 그 자리 그 시간에 머물러 있을 뿐이었다.

형은 그에게 조카의 후견인이 되라고 한다. 자기 자식들을 어처구니없는 실수로 죽게 만든 사람더러. 조카의 후견인이 될 자격도 없지만 자신이 저지른 실수를 아는 사람들이 지천인 고향에서 살 자신도 없다. 조카가 맨체스터를 떠나겠다면 어찌어찌 살아보겠지만 조카는 죽어도 고향을 떠날 수 없다고 한다.

영화에서 가장 마음이 아렸던 장면은 어느 날 길에서 전(前) 부인 랜디와 마주치는 장면이었다. 랜디는 눈물을 쏟으며 리에게 자기가 못할 말을 했다며 미안함

을 표현한다. 랜디는 오열하지만 리는 "괜찮아, 난 아무런 감
정 없어, 아무렇지도 않아……."라는 말을 반복한다. 그리고
끝내 자리를 피해버린다. 자신은 아무렇지도 않아야 한다는
믿음을 필사적으로 쥐고 있는 것처럼 보였다. 슬픔, 아픔, 고
통의 감정을 지워버린 사람처럼. 그는 그렇게 하지 않으면 견
딜 수 없었고 살아갈 수 없었을 것이다. 살아남기 위한 몸부
림이었을 것이다. 그러면서 다시 한 번 형체가 뒤틀리고 일그
러지는 주름진 슬픔이 얼핏 스쳤다.

          영화의 결말은 상당히, 매우 현실적이
다. 정직하다. 조카가 삼촌의 고통을 이해해서 함께 보스턴으
로 떠나거나, 리가 자신을 치유하면서 고향에서 새출발을 하
는 이야기로 끝을 맺지 않는다. 삼촌과 조카가 공을 튀기면서
가끔 보자고 이야기하며 영화가 끝난다. 조카는 조카대로 삼
촌은 삼촌대로, 각자 원하는 대로 각자의 상황에서 최선의 방
법을 찾으려 노력할 뿐이다. 결국 리는 상처와 죄책감에서 벗
어날 수 없다.

상처는 상처다. 상처는 아프고, 괴롭고, 고통스럽기에 상처다. 거기에 세상에는 결코 치유될 수 없는 상처 또한 존재한다. 이는 아무리 시간이 흘러도 결코 아물 수 없다. 리는 생이 멈추는 그날까지 계속 살아갈 것이다. 살아 있는 것이 죽음보다 더한 고통일지라도. 고칠 수 없고, 고칠 생각도 없이, 고장난 채로. 그래서 아름답지 않더라도 살아갈 것이다.

▼
▽

연희는
간절함이다

1987

"조국은 왜놈에게 짓밟혀 신음을 해도 청춘남
녀들은 사랑을 한답니다. 그게 인간이에요."

　　　"청춘은 언제나 봄. 조국은 아직도 겨울. 아, 해방된 조국에서 신
나게 연애나 해봤으면."

　　　"먼저 가신 분들이 우리에게 남겨준 소중한 이 땅에서 마음껏 연
애하고, 마음껏 행복하십시오."

오래전 종영했던 드라마 〈경성스캔들〉의 대사들이다. 이 드라마는 일제강점기를 배경으로 만들어진 작품이다. 그 시대의 피 끓는 청춘들이 후배들의 행복한 연애를 고대했건만 불행하게도 해방된(해방되고도 자그마치 40년이나 흐른 뒤에도) 조국에서 신나게 연애하고 마음껏 행복할 수만은 없었다니.

영화 〈1987〉의 주인공 연희는 울면서 묻는다.

"왜 만화 동아리에서 이런 걸 틀어줘요?"

대학교 만화 동아리에서 만화가 아닌 '진실'을 알리기 위해, 비디오 상영회를 개최해야 했던 날들이 불과 얼마 전까지 있었다. 그렇게 묻던 연희가, 영화 말미에는 독재 타도와 호헌 철폐를 외친다.

〈그날이 오면〉이란 노래에 연희는 "그날 같은 건 오지 않아요."라고 단정적으로 말했다. 그랬던 연희가 독재 타도를 외치는 시위대에 합류하는 것은 '그날이 온다'는 단단한 믿음이 생겼기 때문은 아닐 것이다. 폭압적인 사회구조는 연희의 아버지를, 삼촌을, 어머니를 그리고 자신까지도 차례로 위협한다. 그래도 연희는 선뜻 나서지 못했다. 그랬던 연희가 만화 동아리 선배인 이한열이 경찰이 쏜 최루탄에 맞아 죽자 더 이상은 소중한 것들을 잃을 수 없다며 목소리를 내기 시작한다.

'결국 연희를 움직인 것은 멋지고 친절한 데다 서로 오묘한 감정까지 나눈 선배의 죽음이다.'

영화 〈1987〉의 영화평 중 이 영화평이 가장 와닿았다. 이 영화평의 의도(이 영화평은 민주화 운동을 서술하는 방식이 남성 중심적인 점을 비판하고 있다. 여성인 연희의 선택을 '사랑의 상실'이라는 아주 개인적인 이유로 그린 점이 영화의 한계라고 주장한다)와 무관하게 이 한 문장의 영화평에 백 퍼센트 공감한다.

해방된 조국에서 마음껏 연애하고 마음껏 행복해야 할 청춘이다. '멋지고 친절한 데다 서로 오묘한 감정까지 나눈 선배'와 신나게 연애하고 마음껏 행복할 수 있었다. 그런데 '멋지고 친절한 데다 서로 오묘한 감정까지 나눈 선배'가 어이없게 억울하게 죽었다. 멋지고 친절한 선배에게 연희도 멋지고 친절한 후배이고 싶었을 것이다. 마음껏 연애하고 마음껏 행복할 청춘이 최루탄 앞에서 생을 걸고 시위해야 했던, 그래서 그들의 행복추구권마저 유예되고 희생돼야 했던 시대. 그 시대의 선배들도 일제강점기를 살았던 선배들과 같은 마음

아니었을까?

영화는 서울대학생 박종철이 고문으로 사망한 1987년 1월 14일 시작해서 6월 항쟁의 열기로 뜨겁던 시점에서 끝난다. 연희가 '멋지고 친절한 데다 서로 오묘한 감정까지 나눈 선배'와 보낸 시간이라고 해봐야 3개월 남짓. 길지 않는 시간이다. 그런데도 그 선배의 죽음이 각인될 수밖에 없었던 이유는 뭘까?

연희는 하이틴 잡지로 눈을 가리고 있고 음악을 들으며 귀를 막고 있었다. 입시에서 해방된 새내기 대학생의 평범한 모습이다. 대학의 낭만을 꿈꾸는. 그렇지만 그 시대는 '탁, 치니까 억, 하고 죽었다.'는 왜곡과 날조의 시대고 시위하는 학생을 향해 최루탄을 정조준하는 무법의 시대다. 잡지로도 눈을 가릴 수 없고 음악으로도 귀를 막을 수 없는 무지막지한 시대다.

둘러봐도 낭만이라곤 찾아볼 수 없는 시대에 연희는 멋지고 친절한 선배를 만난다. 그 선배를 볼 수 있다는 것만으로도 훈훈하다. 게다가 그 선배와 같이 경찰에 쫓기는 신세가 되어 한 공간에 갇혀 있기까지 한다. 같이 보낸 순간의 숨 막

힘. 그뿐이랴. 신발 한 짝을 잃어버린 선배에게 거금을 들여 신발을 선물할 수 있는 기쁨까지 누린다.

그런가 하면 경찰차에 짐짝처럼 실려졌다가 어딘지도 모르는 곳에 버려진 연희에게 그 선배가 달려와 신발을 선물한다. 이쯤 되면 연희는 아슬아슬하지만 신발로 맺어진 인연을 믿어볼 만하다. 그런데 그 선배의 신발이 최루탄이 난무하는 곳에 주인을 잃은 채로 버려져 있다면, 그 신발을 그냥 그대로 거기 둘 수는 없는 노릇이다. 신발을 신지 못하고 죽음을 맞은 선배. 대체 선배는 어쩌자고 앞이 보이지도 않는, 두렵고 막막한 길을 나섰던 걸까? 선배가 살고 싶었던 세상은 어떤 세상일까? 그 시대의 연희라면 당연히 품어봄 직한 의문이었을 것이다.

물론 영화는 연희뿐 아니라 각자의 자리에서 각자의 역할을 맡은 인물들이 마치 이어달리기를 하듯 6월 항쟁을 향해 달려간다. 연희도 이어달리기를 하는, 누군가에 이어 달리기하는 한 사람이다. '해도 해도 너무한다'는

정서와 '이건 좀 아니다'라는 본능적인 양심으로 이어 달렸고, 그렇게 이어 달린 마음이 모여 광장을 이루었을 것이다.

연희가 이어 달릴 수 있었던 건 단순히 좋아하는 선배를 잃어버린 상실감 때문만은 아니었을 것이다. 선배와 같이 꿈꾸고 싶었던 세상, 마음껏 연애하고 마음껏 행복해도 되는 세상을 보고 싶다는 의지였을 것이다. 적어도 우리 후배들은 자신보다는 나은 세상에서 마음껏 연애하고 마음껏 행복했으면 하는 마음, 그것이 아니었을까? 이런 마음으로 시위를 하면 안 되는 이유 또한 없다고 생각한다.

나는 이 또한 사랑이라고 생각한다. 사랑의 또 다른 방법이라고. 최소한 이제는 청춘남녀가 마음껏 신나게 연애하고 마음껏 행복할 수 있는 시절은 되었다. 작지만 무척이나 중요한 승리를 그렇게 이룩해왔다. 영화의 엔딩 크레딧의 배경음악인 유재하의 〈가리워진 길〉을 먹먹히 들으며 잠시 생각했다. 먼저 가신 분들이 우리에게 남겨준 소중한 이 땅에서 마음껏 연애하고, 마음껏 행복하겠다고. 또 역시 때로는 마음껏 슬퍼하고, 마음껏 분노하며, 역시 마음껏 사랑도 해보겠다고.

영화가 끝날 때 즈음에는 연희가 가게에 양초들을 구비

해놓는 장면이 등장한다. 영화를 보는 우리는 잘 알고 있다. 30년 후에 또다시 수많은 사람들이 연희와 선배가 서로 주고받은 신발을 신고 나섰던 그 거리에 나가 저 초에 불을 켜고 한목소리를 낼 거라는 걸. 또 다른 영화평의 제목은 '연희는 누구입니까'였다. 이 물음에 '소중한 것을 더 이상 잃고 싶지 않은 또 다른 연희, 나'라고 대답하고 싶다.

"소중한 것을 더 이상 잃고 싶지 않은 나."

4.

그날들을 기억할게요

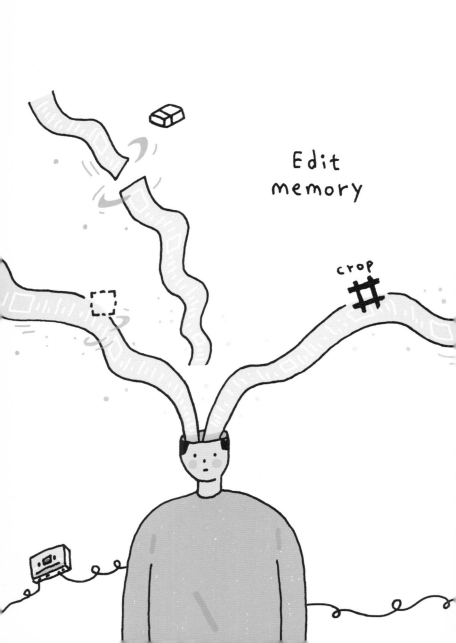

Edit
memory

crop

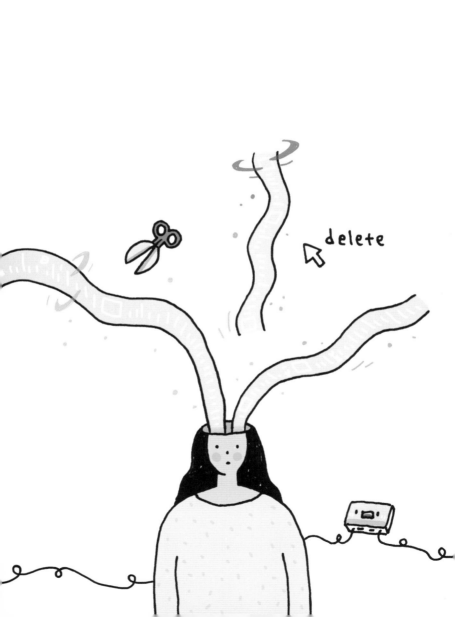

▼
▽

사랑이 남은
빈집

◦

이터널 선샤인

사랑하고 이별하고, 사랑하지만 이별하고, 사랑해서 이별하고, 사랑하는데 이별하고, 사랑함에도 이별한다. 그리고, 그러나, 그런데, 그래서, 그럼에도……. 사랑과 이별 사이는 어떤 접속사를 넣는다고 해도 어색하거나 이상하지 않다. 이 많은 접속사가 사랑과 이별 사이를 잇는 걸 보면, 모든 이의 사랑이 저마다 특별하고 개별적인 것만큼 그 이별 또한 서로 같지 않다는 뜻일 게다.

영화 〈이터널 선샤인The Eternal Sunshine of The Spotless Mind, 2004〉은 사랑과 이별 사이를 잇는 접속사를 떠올리게 한다. 우리 마음대로 망각할 수 있다면, 그래서 '추억'이라 불릴 만한 기억들만 갖고 살 수 있다면 훨씬 좋을 텐데. 그런데 하필, 잊겠다고, 잊으려 한다고, 죽어도 잊어버리겠다고 하는 일일수록 잊는 게 더욱 지난하다. 무엇인가를 잊겠다는 다짐은 그 기억이 여전히 선명하다는 사실을 머릿속에 선언하는 것과 거의 같은 의미니까. 김광석의 노래 〈잊어야 한다는 마음으로〉도 결국은 밤하늘에 수많은 별들이 저마다 아름답든 말든 내 맘속의 빛나는 별 하나인 너를 잊지 못한다는 거 아닌가. 이쯤에서 우린 가끔 말도 안 되는 상상을 하게 된다. 누가 이 기억만 좀 없애줬으면.

이런 상상력을 그린 영화가 〈이터널 선샤인〉이다. 주인공은 서로에게 운명처럼 빠져들지만 각자의 성격이 너무나 다르다. 잦은 다툼으로 결국 서로에게 쌓였던 불만들이 폭발한다. 다소 감정기복이 심한 기질의 여자 주인공 클레멘타인은 홧김에 기억을 지우는 병원을 찾는다. 하필 병원 이름도 '라쿠나사'다. 라쿠나란 채워지지 않았거나 잃어버린 부분이

라는 뜻이다. 그녀는 병원에서 남자와 관련된 기억을 모조리
지운다. 남자 주인공 조엘도 뒤늦게 이 사실을 알고 자신도
클레멘타인에 대한 기억을 지운다. 아니, 정확히는 지워달라
고 했다.

　기억 제거 작업은 서로에게 좋지 않았던 최근의 기억부
터 시작해 서로가 운명처럼 끌렸던 과거의 기억을 지워나간
다. 그러니까 기억을 지울수록 점점 조엘의 머릿속에는 클레
멘타인과의 소중하고도 따뜻한 기억들이 남게 된다. 조엘은
나쁜 기억을 지우면서 좋은 기억들도 같이 사라지는 걸 견디
기 어렵다. 기억을 지우는 것을 중단하려고 노력하지만 결국
엔 클레멘타인을 만나고 사랑을 나누었던 기억 속의 집(실제
두 사람이 처음 만나 사랑을 나누었던 집이기도 하다)마저 붕괴된다.

　시간이 흐르면서 선명해지는 기억은 과연 어떤 것일까.
'분노와 괴로움'이라는 먼지를 모두 걷어낼 만큼의 시간이 흘
러 다시 '그 사람'을 바라보면 애틋하게 빛나는 기억이 아련
하면서도 선명히 드러날 때가 있다. 영화 제목처럼 그건 '이
터널 선샤인', 즉 영원한 햇살과도 같은 따뜻한 기억이다. 하
지만 사실 태양은 언제나 그곳에 있었다. 심한 먹구름이 잠깐

가려버린 햇살을 영원한 어둠이라 착각했던 기억이 있을 뿐. 어떤 일을 분명히 파악하기 위해선 어느 정도의 시간이 필요한 것 같다. 일시적인 감정이 누그러져야 기억이 제자리를 찾을 테니. 다만 그 기간이 정해진 게 아니기에 언젠가 찾아올 안온한 상태의 날을 소망하며 견디기가 혹독할 때도 있다. 상처의 여진이 때로는 너무도 괴로운 시간을 오로지 온몸으로 버텨야 하기 때문이다.

영화는 연인이었던 두 사람이 기억을 지운 후 여행길에서 우연히 다시 만나는 것으로 이어진다. 운명처럼 둘은 또 서로에게 끌리며 운명처럼 사랑에 빠진다. 이때 병원의 직원이 고객들의 기억을 녹음한 테이프들을 고객들에게 보낸다. 조엘과 클레멘타인도 각자의 녹음 테이프를 수령한다. 두 사람은 이 테이프에 담긴 녹음 내용을 듣게 된다. 자신들의 육성으로 내뱉은 상대방에 대한 험담. 클레멘타인은 조엘에게 지겹다고 했고 조엘은 클레멘타인이 멍청하다고 푸념했다. 그렇게 서로를 적나라하게 비방한 육성은 아찔한 폭탄(?)임이 틀림없다. 조엘의 험담을 듣다 못한 클레멘타인이 일어서 나가려고 하자 조엘이 그녀를 붙잡는다. 클레멘타인이 조엘에

그래서
그러나
그리고
그럼에도
우린 사랑했다

게 말한다. "우리가 다시 사랑한다고 하더라도 결국에는 또 서로를 지겨워하며 서로에게 상처 주고 헤어질 게 아닌가?" 조엘은 이 영화의 유명한 대사 "오케이(그래도 괜찮아. 아무렴 어때)."를 반복한다. 그리고 두 사람은 눈물과 콧물이 범벅이 된 채로 서로를 향해 미소 짓는다.

　　　　　　　서로에 대한 기억을 지웠지만 또다시 운명처럼 두 사람이 만났다. 처음처럼 두 사람은 사랑하겠지만 이별을 반복할지도 모른다. 하지만 나의 추론으로는 적어도 두 사람은 기억을 지워가면서까지 서로에게 생채기를 내었던, 그런 이별을 반복하지는 않을 것이다. 이별이 그들의 새로운 사랑에도 찾아오더라도 이제는 사랑이 담긴 기억의 집을 철거하고 부수기보다는, 비록 무척이나 굉장히 슬프지만 '장님처럼 떨리는' 손일지라도 그 문을 고이 잠그고 나오지 않겠냐고.

　헤어지는 건 결국 한 관계에 마지막 인상을 남기는 일이 아닐까. 성실히 사랑하는 것만큼이나 그 사랑을 잘 끝내고 사랑이 남긴 추억을 고이 간직하는 일도 무척 중요하기에. 상처가 너무 쓰리고 아프더라도 그게 원래 또 사랑이고 이별인 것이기에. 언젠가는 그 찬란한 따뜻함의 온기를 느낄 날이 온다고 믿기에.

이 영화의 OST들 중 하나가 〈Everybody's Got to Learn Sometime〉이다. 우리말로는 '모두들 언젠가는 배우게 되어 있어요.'라는 뜻이다. 힘들었고 아팠던 지난 사랑과의 이별이, 실은 따뜻한 온기를 머금은 추억이라는 걸, 모두들 언젠가는 배우게 된다는 의미가 아닐까.

그래서, 그러나, 그리고, 그럼에도 우린 사랑했다. 어쩌면 하나의 사랑은 무수한 접속사들의 연속일지도 모르겠다. 그리고, 그랬음에도 우린 헤어졌다. 수많은 접속사들로도 끝나지 않을 것 같은 한 문장의 사랑에 비로소 끝내 마침표가 찍힐 때의 아릿함과 저미는 마음은 이루 말할 수 없었지만.

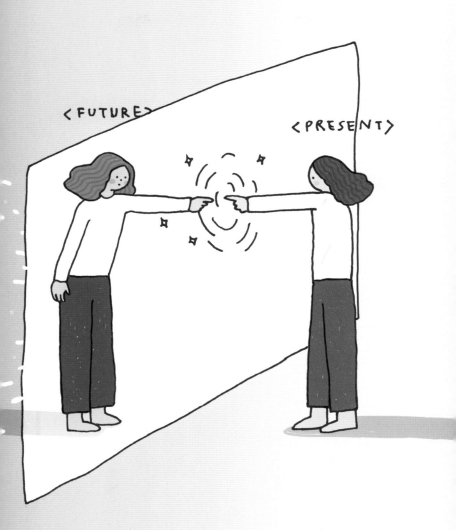

▼
▽

슬픔보다 소중한
기쁨을 주겠다

◗

컨택트

유명한 시 한 편이 떠오른다. 〈지금 알고 있는 걸, 그때도 알았더라면〉. 이 시는 삶에 대한 태도를 주로 이야기한다. 지금 알고 있는 걸 만약 그때도 알았더라면 더 행복하고 용기 있는 삶이었을 수도 있다는 아쉬움 같은 게 이 시에 담겨 있다. 어쩌면 시간이 지나 지금에서만 알 수 있다는 걸 이야기하고 있는지도 모른다.

　경험하지 않고 알 수 있는 방법은 없기에. 경험했기 때문에 지금에서야 알 수 있고, 경험하지 않았던 때는 모르는 게 당연하기에. 하지 않은 사랑을 알 수 있다고 할 수 없기에.

영화 〈컨택트Arrival, 2016〉의 루이스 박사는 지구에 도착한 외계 생명체인 헵타포드(다리가 7개라는 뜻)의 언어를 배우면서 미래를 보는 능력도 배운다. 자신이 '이안'과 결혼하고 딸 하나를 낳지만 이후 이안과 헤어지고 딸 하나도 불치병으로 죽는다는 걸 안다. 자신의 미래에 행복만 존재하지 않는다는 걸 알게 된다. 그 미래를 살 것인가 아님 포기할 것인가?

이 영화의 첫 번째 가설은 언어가 의식을 지배한다는 가설이다. 사용하는 언어에 맞춰 세상을 인식하는 방법도 달라진다는 것. 루이스는 헵타포드의 언어를 분석하면서 놀라운 사실을 발견한다. 그 언어가 인간의 언어처럼 시작과 끝이 있는 선형적 언어가 아니라 원형 형태의 비선형 문자라는 것이다. 즉 문장의 시작과 끝이 없으며 과거, 현재, 미래라는 시제가 없다. 당연히 어제, 오늘, 내일의 시간 구분도 없다.

시제가 없는 언어를 사용하는 헵타포드의 사고방식은 인간의 사고방식과는 다르다. 그들의 세계관은 과거와 현재, 미래를 지금 이 순간에 뒤섞어 경험하는 방식이다. 결국 그들의 언어는 루이스의 생각하는 방식을 바꿔놓는다. 그들처럼 루이스도 미래를 지금 이 순간에 알 수 있고 기억하게 된다. 미래를 알 수 있다면 바꿀 수도 있을 것이다. 루이스는 이 능력으로 외계 생명체와의 전쟁을 막고 세계 평화를 이끌어낸다.

이제 루이스 자신의 선택이 남아 있다. 자신이 알고 있는 미래를 살 것인가? 그녀는 선택한다. 그는 자신과 함께 헵타포드 언어를 분석했던 이안과 결혼하고 딸 한나를 낳는다. 그녀가 선택한 미래는 엄마로서 딸에게 살아 있는 날들의 기쁨과 행복을 느낄 기회를 주는 거였다. 아니, 딸이 누려야 할 행복을 '빼앗지 않는' 것에 가깝다 할 수 있다.

딸이 어릴 때 병을 앓다가 죽을 거라고 생각해 고통만 남을 거라 생각하는 건 인간의 사고방식이라는 문제의식이 거기서 튀어나온다. 헵타포드의 입장에서는 죽는 건 죽는 것이고 하루하루의 삶은 또 하루하루의 삶이다. 루이스가 딸이 죽는다는 걸 알고 딸을 낳지 않는다면 딸의 삶을 빼앗는 결과를

낳게 된다. 자신이 겪어야 할 고통 때문에 딸의 찬란한 하루를 빼앗는 셈이 된다.

　그런 의미에서 루이스의 선택은 자신의 슬픈 운명을 알면서도 딸이 느낄 기쁨과 행복을 빼앗지 않으려는 숭고하고도 비장한 선택이다. "이 여정이 무엇인지, 또 어디로 가는지 알고 있지만, 나는 그 모든 걸 껴안을 거야."라는 대사에서 그녀의 속마음을 읽을 수 있다.

　딸 한나의 죽음. 이 죽음이 실은 예견된 죽음이었음을 알고 영화를 다시 보니 루이스의 마음이 더 크게 다가왔다. 슬픔의 진실과 눈을 맞추겠다는 루이스의 따뜻한 묵직함이 영화를 보며 몇 번이나 나를 울컥하게 만들었다. 그녀는 딸의 죽음을 알고 있었음에도 오열했다. 딸이 죽는 걸 알았다고 해서, 그 죽음을 각오했다고 해서 그 슬픔과 아픔의 크기를 줄일 수 있는 건 아니었다. 그제야 루이스의 선택이 어떤 의미였는지 조금 더 명확히 볼 수 있었다. 엄마가 딸에게 엄마의 슬픔보다 몇 배는 더 소중할 딸의 기쁨을 위해 그녀는 자신을 내어준 것이다.

　영화의 두 번째 가설은 논제로섬 게임non-zero-sum game 가설이다. 내가 얻는 만큼 반드시 상대방이 잃기 때문에 합은 항상 0이라는 제로섬 이론. 이 이론은 그 자체로 맞는 경우도 있지만 얻는 것과 잃는 것의 합계가 0이 아닌 경우도 있다. 논제로섬 게임이다. 논제로섬 게임은 원래 이익의 총합을 플러스로 얻어내기 위해 누구도 '지지 않는' 것이 목표다. 논제로섬을 문자 그대로 해석하면 결과값이 '0'이 아니면 되기에, 마이너스의 결과값 역시도 이론적으로는 가능하다. 루이스는 외계 생명체인 헵타포드와 인간의 만남(컨택트)에서 플러스의 합계를 내는 논제로섬 게임을 유도해냈다.

그렇다면 루이스가 선택한 미래가 논제로섬이라면 그녀의 인생값은 플러스일까, 마이너스일까. 알 수 없다. 만약 이안과 한나를 모두 잃고 홀로 남겨진 슬픔이 그녀의 삶을 잠식한다면 마이너스로 작용할 수도 있다. 만약 그녀 인생의 결과값이 마이너스라고 해도 부디 그녀의 여정이 딸을 잃은 슬픔을 어느 정도 보듬어줄 수 있기를 바랄 뿐이다.

하지만 이안과 한나가 떠났더라도, 한나와 함께 활짝 웃고 있는 루이스, 사랑스러운 아기를 포옹하는 이안, 한나의 자작시와 그림들, 한나와 함께 나눈 소중한 순간들은 플러스

내일은 내일의 태양이
떠오르겠지!

인 게 분명하다. 루이스는 한나를 잃은 슬픔도, 한나와 함께
나눈 소중한 순간도 모두 포용하기로 한다.

　　　　　　　언젠가 아주 아픈 이별을 했다. 가슴이
아팠다. 무척이나 아팠다. 아픈 이별을 치료하려면 흉부외과
를 가야 하는 것 아닌가 생각했을 정도로. 시린 가슴을 부여
잡고 계속 통곡했다. 아주 슬픈 일을 표현할 때 가슴이 아프
다는 건 단순한 레토릭이 아니었다. 생각해보면 내 삶은 어떤
측면에서는 그 이별 전후로 나뉜 것 같기도 하다. 나는 이전
보다 훨씬 더 방어적이고 회의적이며 또 염세적인 사람이 된
것 같았다.
　　그토록 애틋하고 찬란했던 무언가도 결국 이렇게 저무는
데, 다른 것의 영원함과 영속성을 쉬이 기대할 순 없었다. 거
의 세상 모든 것들에 대해 완고한 회의감을 느끼면서도 한편
으론 쉬이 단정할 수 없던 질문이 하나 있었다. 만약 이 연애
의 지리멸렬함과 끝의 추함까지 모두 경험한 뒤에도 그 사람
과 교제하기 이전으로 되돌아간다면, 나는 다시 그 미래를 선

택할까? 이토록이나 아픈 생채기를 낸 연애였음에도 재빨리 '아니'라고 말할 수는 없었다. 나는 기억한다. 그 사람과의 이별로 내 모든 걸 빼앗기는 느낌이었음에도, 그 아픔과 생채기가 그 사람과 함께했던 순간순간의 찬란함을 지울 만큼은 아니었다고. 지금의 내 선택은 내가 알고 있는 미래일지도 모른다고. 그리고 그 미래는 고통만 있는 게 아니라고 생각하기로 했다. 그렇게 날은 저물고 내일의 태양은 다시 떠오른다.

"나는 그 모든 걸 껴안을 거야."

▼
▽

꿈꾸지 않는 현실이
꿈꿀 수 있던 지난날에게

8

라라랜드

●
▼
▽

〈라라랜드La La Land, 2016〉의 주제가들 중 하나였던 〈Audition-The Fools who Dream〉이라는 트랙. 이 곡을 듣다가 순간 어딘가가 탁 막히는 듯한 먹먹함이 찾아왔던 적이 있었다. 곡의 가사가 아플 정도로 와닿았기 때문이다. 엠마 스톤이 역할을 맡은 주인공 미아는 매서운 추위가 날아든 파리 센강에 맨발로 뛰어든 이모 이야기를 관객들에게 건넨다. 그녀가 그 이후 한 달을 감기로 고생했지만 그럼

에도 또다시 강에 뛰어내릴 거라는 노래를 부른다. 그렇게 시
작된 노래는 바보 같고 미친 것 같아 보이는 이들을 이야기
한다. 그 대목에서 미아의 생각이 덧붙여진다. 이런 무모함
이 세상을 다채롭게 만들 열쇠일지도 모른다고. 나를 울컥하
게 한 건, 자신을 그토록 고생스럽게 했던 센강에 기꺼이 한
번 더 뛰어들겠다는 미아 이모의 발언이었다. 다시 돌아가더
라도 같은 선택을 하겠다는 마음은 정말로 쉽게 가질 수 없는
법. 멀찍이만 보였던 순간들의 인과가 한참 지난 후에야 미약
하게 파악되기 마련일 텐데, 그저 바보 같았던 스스로의 모습
을 객관적으로 확인하고서도 다시 그 바보스러운 행동을 반
복하겠다고 말할 수 있을까. 그럴 수 있다는 미아 이모의 마
음속이 궁금해지면서, 만용조차 가지지 못했던 나를 돌아보
며 이런저런 복잡한 심경에 빠져들게 된다.

　　기약 없고 불안한 미래를 꼭 붙잡고 함께 견뎌내던 영화
속 두 젊은 연인도 결국 안타깝게도 해피 엔딩에는 도달하지
못했다. 검은 머리가 파뿌리가 될 때까지 함께하는 것이 통속
의 해피 엔딩이라 한다면 분명 〈라라랜드〉 속 두 주인공의 결
말은 해피 엔딩은 아니다.

　세상에 좋은 헤어짐이 있는지는 모르겠지만 나쁘지는 않은 헤어짐이 아마 존재하지 않을까. 한 사람과의 관계가 마무리되었다고 그 사람과 보냈던 모든 시간이 무의미하거나 나쁘게 기억될 필요는 없어 보인다. 〈라라랜드〉가 해피 엔딩은 못 돼도 역시 새드 엔딩은 아니라고 생각하는 것도 이런 이유에서다. 어쨌든 그들 삶에서 서로가 함께했던 시간은 빛나고 찬란했던, 그리고 더없이 따뜻했던 날들이었을 터. 영화 속에 등장하는 세바스찬의 재즈바 이름은 미아가 지어준 'Seb's'를 옮긴 것이다. 우연히 들른 세바스찬의 재즈바. "한 곡 더 들을까?"라는 남편의 질문에 미아는 "괜찮다."며 재즈바를 나온다. 그럼에도 그녀는 한 곡으로도 충분히 세바스찬과의 'If' 혹은 'If not'을 떠올릴 수 있었다. 두 사람이 함께 나눈 시간이 그저 나쁘게만 받아들여졌다면 세바스찬이 재즈바 이름을 그렇게 짓지도 않았을 것이고, 미아 역시 굳이 그의 음악을 들으며 'If'나 'If not'을 상상하지 않았을 테다. 잘 몰랐고 그래서 무모했던 청춘의 연인들이 서툴지만 치열하게 사랑하며 꿈을 그리던 날들이 추억이라는 이름으로 아련한 영상과 함께 스크린에 가득 채워졌다.

계절이 다시 오듯
사랑은 다시 시작될 거야

영화 속 두 사람은 단순한 연인이 아니었다. 자신들의 인생에서 가장 치열하고도 무모한 꿈을 향해 달리면서 아플 정도로 빈약한 가능성에 함께 괴로워하고 손톱만큼의 작은 희망에도 크게 기뻐하던 바보 같은 시절을 공유한 동반자였다. 그들이 나누었던 사랑은 그들이 미치도록, 또 마음껏 꿈꿨던 시간의 상징일 것이다.

                           미아가 영화 마지막 부분에서 세바스찬을 만나며 옛 기억을 떠올리면서 서로에게 미소 짓는 장면이 이 영화의 엔딩이라고 볼 수 있다. 미아가 그리는 사랑은 환상적이다. 첫 만남부터 사랑에 빠졌고, 그들이 만들어가는 사랑은 알록달록한 화려한 무대 위에서 펼쳐지는 한 편의 아름다운 작품이다. 사랑했던 날들보다도 찬란했던 영화 말미의 미아의 상상 장면은, 한편으로는 서로가 꿈을 꾸며 함께 존재했던 그 시절에 바치는 헌사이자 송가처럼 느껴지기도 했다. 차가운 강물에 겁 없이 뛰어들 수 있을 정도로 넉넉했던 무모함과 바보 같음을 함께 나누었던 서로와 그 시절에 띄우는 절절하고도 애틋한, 그렇지만 슬프지 않은 작별 인사였다. 이 엔딩 장면은 말한다. 영원하길 간절히 염원했던 사랑도 끝나는 순간이 있다고.

영화는 사랑의 흐름을 계절에 비유한다. 봄날의 아지랑이가 일렁이는 따스한 기운에 누군가를 사랑하게 되고, 여름 태양 아래에서 서로를 뜨겁게 사랑한다. 가을이 오면 자연스럽게 멀어질 수도 있고 겨울이면 헤어지기도 한다. 이 영화는 사랑이 영원하고 고정되었다고 말하지 않는다. 계절이 변하듯 사랑의 감정도 변한다.

함께 행복한 만큼이 사랑이다. 그것이 끝이 난다고 사랑 아닌 게 아니다. 함께 있는 것이 좋아서 시작한 두 사람의 관계와 감정이 사랑이다. 더 이상 함께할 수 없을 때의 그 감정도 자연스럽게 받아들이고 마무리하는 것도 또 하나의 사랑법. 더 이상 사랑하지 않아도 사랑한 순간들은 서로에게 남아 있다. 그리고 사랑의 기억 또한 각자의 것. 'If' 또는 'If not'. 바보 같고 미친 것 같아 보여도 계절이 다시 돌아오듯이 사랑도 다시 시작될 것이다.

"빛나고 찬란했으며 더없이 따뜻했던 날들."

AM 10:00

PM 2:00

PM 6:00

PM 10:00

우리의 진심을
이 위에 둔 채

더 테이블

몇 년 전 7월의 어느 날 아침, 지하철 경
복궁역 출구 앞 카페였다. 두 남녀가 문을 열고 들어왔다. 여
자는 자리에 앉았고 남자는 카운터로 향했다. 그는 주문한 커
피를 들고 여자의 맞은편 자리에 앉았다. 두 사람은 마주 보
았다. 아니, 마주 보고 앉았지만 서로 다른 곳을 보고 있었다.
다소간의 어색한 공기가 둘을 감쌌다. 침묵이 자아내는 어색
함을 견뎌내지 못한 남자가 먼저 말을 꺼냈다. 요즘은 에어

컨 성능이 참 좋다고, 그래서 여름인데 더운 것도 잘 모르겠
다고. 여자는 그래, 그러네, 라고 답했다. 다시 침묵. 남자는
커피를 한 모금 마셨다. 차가운 커피를 마시며 그제야 자신이
"너는 뭐라도 안 마실래?"라는 질문을 건네지 않았음을 깨달
았다. 그러면서 동시에 남자는 생각했다. 도대체 언제부터 우
린 서로에게 궁금하지 않았던 걸까. 도대체 언제부터 우리의
말수는 이렇게나 줄어들었을까. 뭐, 이젠 아무래도 상관없는
일이겠지만. 괜한 갈증에 커피를 한 모금 더 들이켰다. 혼자
서만 커피를 마시는 게 아무래도 조금 겸연쩍었다. 여자의 만
류에도 남자는 기어코 물 한 컵을 따라 여자에게 건넸다.

　　간단한 근황과 간단한 계획을 주고받았다. 서로의 부재
에도 멀쩡했던 근황이었고, 서로의 부재에도 멀쩡할 계획들
이었다. 이런 이별도 있다는 것에 남자는 조금 감탄했다. 여
자는 남자가 따라 온 물을 마셨다. 남자는 그 모습을 보며 커
피를 한 모금 더 마셨다. 그래도 물이라도 따라 오길 잘했다
고 생각하며 남자는 민망한 미소를 지었다. 그 미소에 여자도
어이없다는 듯 조금은 따라 웃었다. 그리고 두 사람은 한참을
침묵했다. 이윽고 여자가 말했다. 이제 일어날까? 거기에 남

자는 자신은 조금 더 있겠다고 답한다. 그래, 그럼 갈게, 라며 그녀는 짐을 챙겼다. 두 사람은 거의 동시에 일어났다. 여기 있겠다며, 여자가 물었다. 마지막인데, 인사는 해야지. 여자는 픽, 하고 살짝 웃었다. 남자는 악수를 건넸다. 여자도 손을 내밀었다. 잡은 두 손이 따뜻했다. 남자가 말했다. 잘 가고, 잘 살고. 그리고 안녕, 즐거웠어. 여자도 답했다. 그래, 안녕. 여자가 카페를 나갔고, 남자는 다시 자리에 앉았다. 차가운 커피를 한 모금 더 마셨다. 한기가 느껴졌다. 따뜻한 음료를 시킬 걸 그랬다고 조금 후회했다. 이 추위는 분명 다 에어컨 때문일 거라고, 남자는 속으로 계속 중얼거렸다.

이 두 남녀의 이야기는 실은 나의 이별담이다. 기억도 안 나는 어느 카페에서 역시 기억도 안 나는 어떤 음료를 마시며 시작된 우리 두 사람의 연애. 그 연애는 경복궁역 출구 앞 카페에서 나는 커피를, 그녀는 물을 마시며 마무리되었다. 세상에 좋은 이별이 있는지는 모르겠다. 나쁜 이별이 있다는 건 확실하다. 나쁘지는 않은 이별 인사를 나눈 것 같다고, 나는 그날 그렇게 생각했다. 어찌 됐든 담백한 안녕이었다. 그게 그나마 다행스러운 사실이기도 했다. 시간이 어느 정도 꽤 흐른 것 같다 싶었을 때, 나도 비로소 자리에서 일어났다. 컵을 쓰레기통에 버리고 카페를 나와 지하철역으로 향했다. 7월의 어느 아침이었는데도 한가롭기보다는 꽤나 분주했던 카페 안이었다. 나와 그녀가 앉았던 자리에는 다른 남녀가 앉았다. 조금은 이상한 감정으로 잠깐 그들을 지켜보았다. 확실히 우리의 이별은 나쁘지는 않았다. 그러면서도 역시 좋은 이별은 못 되었다. 생각해보면 카페라는 곳이야말로 어쩌면 대학 입학 후에 집과 학교를 제외하고 가장 많이 방문했던 장소가 아닐까 싶다. 내 삶의 많은 이야기들이 카페에서 시작, 진행, 혹은 마무리되었다. 마치 그 시절의 연애처럼.

영화 〈더 테이블The Table, 2016〉은 한 작은 카페에서 하루 동안 일어나는 일들을 옴니버스 방식으로 그려낸 작품이다. 〈더 테이블〉은 에세이 모음집을 읽는 느낌이었다. 책을 처음 펼치는 게 카페를 열고 손님을 맞을 준비를 하는 거라면, 책장을 넘기는 것은 시간의 흐름이다. 그리고 책을 다 읽고 덮는 것은 카페를 닫는 일이다. 영화 안의 네 에피소드들은 그 에세이집의 수록 작품들이라고 생각해도 괜찮을 듯하다.

각 에피소드들은 평범하다면 평범하고 일상적이라면 일상적이다. 그런가 하면 특별하다면 특별하다. 어느 골목의 조용하고도 작은 이 카페도 평범하다면 평범하고 특별하다면 특별하다.

영화 제목은 〈더 테이블〉이지만 왜 이 카페의 테이블이어야 하는지 먼저 고민이 되었다. 유동 인구가 많은 지역의 프랜차이즈 카페는, 그러니까 말하자면 신촌 혹은 광화문의 스타벅스나 투썸플레이스는 왜 이 영화의 배경이 될 수 없었을까. 서울의 도심부에는, 조금 과장해서 말하자면 길에 널린 게 카페다. 프랜차이즈 카페들 혹은 분위기가 좋거나 특색 있는 카페들 모두가 가리지 않고 이 길 위에 존재한다. 〈더 테이블〉 영화 속 네 에피소드들의 주인공이 이 작은 카페로 온 것은 정말 '굳이' 왔다고 표현해도 무방할 듯하다. 만남의 공간 자체가 그 만남의 성격을 규정하는 경우들이 종종 있다. 이들이 굳이 골목의 조용한 한 카페를 찾은 이유는, 무엇을 마시기 위해서가 아니라 어떤 안온한 공간을 필요로 했기 때문인 것 같다.

　이들이 나누고자 했던 이야기들은 아마도 번잡하고 소란
스러운 카페에서는 정확하게 전달될 수 없는 언어들이었는지
도 모르겠다. 정확한 언어로 이야기한다는 건 정확히 건네야
할 어떤 감정이 있다는 것과 같은 의미다. 영화 속 카페와 이
곳의 테이블은 단순히 두 사람이 마주 보며 음료를 마시는 공
간이 아니었다. 마음과 마음이 마주 보고 그 진심을 건네야
했다.

　이 영화를 본 후 가장 먼저 든 감정은 '정갈하다'였다. 특
별하거나 눈길을 사로잡는 자극은 없지만, 매일 먹는 가정식
이 그렇듯 지루하기보다는 따뜻하고 편안했다. 꽃병을 비롯
한 소품들의 분위기도 그랬고 잔과 컵을 정성스레 닦는 모습
에서도 정갈함을 느꼈다. 손님이 떠나면 테이블은 깨끗이 치
워졌다. 하지만 마음과 마음이 유난히 가까워지고 싶은 날에
이곳을 방문한 손님들은 각자의 진심을 이 위에 두고 떠났을
것이다. 그게 입을 통하여 마침내 발화되었든 아니면 끝내 삼
켜낸 한 줌의 덩어리였든, 이 테이블은 그 모든 진심을 머금
고 있을 테다. 이는 몇 번의 걸레질로도 닦아낼 수 없는 무형

의 얼룩이기도 하다.

언젠가 미처 꺼내지지 못한 언어들은 모두 어디로 사라지는 게 아닐까 하는, 다소 궁상맞은 상상을 했던 적이 있었다. 어쩌면 그 언어들 중 많은 것들은 그날 그때 우리의 테이블 위에서 숨 쉬고 있겠구나 하는, 역시나 궁상맞은 추측을 영화를 보고 오는 길에 잠깐 하기도 했다. 우린 우리의 진심을 이곳에 둔 채 테이블을 떠났고, 말끔히 정리된 테이블 위에는 또 다른 누군가의 진심이 보태졌겠지.

영화 〈더 테이블〉은 일상에 대한 이야기지만, 그 일상이 단순히 반복되는 관성적인 일상은 아니다. 습관처럼 찾는 대로변의 번잡한 카페가 아니라, '굳이' 찾아 들어온 어떤 작고 조용한 가게에서의 이야기였으니까. 이 궁상맞은 상상 안에서, 나는 도처에 널린 프랜차이즈 카페들을 마다하고 굳이 이런 조용하고 고즈넉한 카페를 찾았던 나의 경험들을 떠올렸다. 생각해보니 확실히 그곳의 테이블들에 진심이란 얼룩을 조금 더 많이 혹은 칠칠맞게 흘렸던 듯도 하다. 그날들에 이 테이블 위에서 흘렸던 진심들 중에는, 고마웠다는 말, 덕분에 행복했다는 말, 사랑했다는 말 그리고 가끔은 아직도 많이 사

The table

랑한다는 말도 있었다. 전해지지 못한 진심들은 후회나 미련 혹은 고통이 되었고, 종종 나를 괴롭혔다. 그래서일까. 영화 〈더 테이블〉에서 가장 큰 뭉클함을 느꼈을 때는 오히려 모든 에피소드들이 끝나고 카페의 불이 꺼질 때였다. 테이블 위에 어떤 사연이 놓이고 또 어떤 진심이 오가는지 상관없이 시간은 시간대로 흘렀고 테이블은 역시 그 자리에 가만히 있었다. 이 에세이집 안에 어떤 이야기들이 수록된 오늘이란 책은 그렇게 덮일 수밖에 없는 것이었다.

　　　　　가끔은 '시간은 어쨌든 흐른다'나 '그곳은 그대로 있었다'라는 별것 아닌 진실이 꽤나 울컥한 위안을 선물할 때가 있다. 영화 〈더 테이블〉은 이 별것 아닌 진실에 마음을 내려놓고 편안히 기대볼 수 있던 작품이었다. 소란스럽듯 조용했고 조용한 듯 소란스러웠던 이 하루도 마치 책을 덮는 것처럼 마무리되었다. 그렇게 오늘이 끝나고 내일 역시도 누군가의 이야기가 이 테이블 위에서 시작되고 진행되며 혹은 마무리될 거라는 사실이 참 뭉클한 위로가 되었다.

'마음이 지나가는 곳'이라는 카피 문구가 그래서 조금 더 와닿
았는지도 모르겠다. 그리고 그 마음이 지나가기 전에 머무르
기도 하는 곳이 역시 영화 속 카페의 테이블이었다. 우리들의
이야기, 그중에서도 특히 조금은 더 아련하고, 애틋하고, 애
잔한 것들이 피어나고 만개했다가 소멸하는 곳. 어느 작은 카
페의 〈더 테이블〉이었다.

"고마웠어, 행복했어, 아직도 많이 사랑해."

에필로그

1.

　　　　　　출판사에 원고를 맡기던 때부터 책을
내게 된 지금까지도 이 책이 많이 팔리기를 바랍니다. 다만,
그 이유는 조금 달라졌습니다. 처음에는 속물적인 유혹도 있
었습니다. 이 책이 많이 팔려서 부와 명예 같은 걸 탐하는 건
아니더라도, 적어도 이름 석 자를 폼 나게 새겼으면 하는 마
음 같은 게 있었습니다. 그런데 어느 순간 그런 치기 어린 생
각이 순식간에 사라졌습니다. 책 한 권 만드는 게 산고의 고
통 같은 긴 터널을 거쳐야 하는 걸 알았기 때문입니다. 정말
'만들어낸다'라는 말밖에 할 수 있는 말이 없더군요. 얼마나
많은 분들의 노고와 응원이 담기는지 절절히 느꼈습니다. 작

가보다 더욱 글을 아끼고 살펴주신 분들이 있다는 건 분명 과
분하고 벅찬 감동이었습니다. 그리고 행복했습니다.

　　　　　영화는 제게 줄곧 하나의 완전한 작품
이었습니다. 그리고 확장될 여지가 없는 단단한 세상이라고
생각했습니다. 하지만 언젠가부터 영화는 제게 무궁무진하게
확장될 수 있는 세계로 다가왔고, 세상을 바라보는 눈이 되어
주었습니다. 지난 사랑이, 그리움이, 아픔이, 괴로움이, 슬픔
이, 부당함이, 희망이 모두 영화라는 망원경 안에서 발견되었
습니다. 그렇게 제가 갖게 된 감정을 에세이에 담아 스크린을
접점으로 잉태된 이야기들을 함께 나누고자 했습니다. 서로
가 가진 시각의 지평선이 만나는 그 지점에서 또 다른 세상이
피어날 수 있었기를 희망합니다.

　　　　　　감사한 분들이 참 많습니다. 다른 책에
수록된 '작가의 말'을 읽을 때, 감사한 분들을 나열한 부분에
서 그 진정성에 다소간의 의구심을 품고는 했습니다. 책을 내
게 된 지금에서야, 그때 읽었던 그들의 글이 정말로 진실이었
음을 알게 되었습니다. 먼저, 오직 가능성 하나만을 믿고 저
의 원고를 채택해주신 북이십일 출판사 관계자분들께 진심으
로 감사드립니다. 덕분에 저의 부족한 글이 이렇게 멋진 한
권의 책이 되어 세상의 빛을 보게 되었습니다. 부족한 저의
글에 심폐소생술에 가깝도록 노력해주신 윤석연 작가님과 권
무혁 기획위원님께 특히 감사드립니다. 그 어떤 삶의 굴곡과
어려움에도 무조건적으로 저를 지지해주는 부모님께도 감사
의 말씀 드립니다. 이 글을 쓰며 제가 얼마나 복이 많은 사람

인지 새삼 한 번 더 깨달았습니다. 강형묵, 고윤지, 김도형, 김희건, 류여진, 문성영, 박철기, 이나영, 한승연 그리고 지면의 제약 때문에 적지 못했지만 늘 무한히 애틋하고 고마운 저의 친구들. 저를 늘 응원해주고 염려해줘서 고맙다는 말을 전하고 싶습니다. 휘문고등학교의 이현익 선생님께도 쑥스럽지만 참 감사드립니다. '선생님'이란 단어를 들었을 때 떠올릴 수 있는 한 분 이 있다는 게 제게 참 든든한 힘이 됩니다. 그리고 마지막으로, 일면식도 없지만 제가 좋아하는 밴드 넬에게도 고맙다는 말을 전합니다.

2.

　　　　　　영화 〈건축학개론〉을 통해서 재조명받
았던 노래, 전람회의 〈기억의 습작〉을 참 좋아합니다. 나이가
들어감에 따라 다르게 보이는 영화들이 있는데, 제게는 〈건축
학개론〉이 그렇습니다. 이 영화를 처음 봤던 당시 저는 고등
학교 3학년이었습니다. 이후 저 역시도 몇 번의 사랑과 이별
을 경험하게 되었습니다. 그러면서 인생에도 '습작'이 있다면
얼마나 좋을까, 하는 부질없는 상상을 몇 번 하기도 했습니
다. 망쳐버린 시험지를 찢어내듯이 삶의 아픈 페이지들을 마
냥 찢어낼 수는 없어서, 대신 마음을 부여잡아야 했던 날들도
있었습니다. 삶에는 습작이 없어, 망쳐버린 그림 위에 다시

물감을 뿌리고 어떻게든 이어나가야 하더군요. 스물여섯. 많다고 하기도, 그렇다고 적다고 하기도 애매한 나이입니다. 생각해보면 이런 어정쩡함이 제 평생을 관통하던 키워드가 아닐까 싶습니다. 어정쩡한 성적을 받았고, 어정쩡하게 놀았고, 어정쩡한 연애를 했습니다. 그리고 이제는 무엇도 되지 못한, 한없이 불안한 청춘으로 하루하루를 살아내고 있습니다. 여전히 어정쩡하고 서툰 모습으로요.

　　　책 제목은 《우리가 우리였던 날들을 기억해요》입니다. 사랑의 측면에서, '우리'라는 단어는 어쩐지 모를 안타까움과 슬픔을 자아냅니다. 우리는 '우리'로서만 의미 있는 단어이기 때문입니다. '우리 두 사람'에서 한 사람이 이탈하는 순간, '우리'는 더 이상 '우리'의 의미로 기능하지 못

합니다. 남겨진 한 사람만을 '우리'라고 부를 수는 없기 때문
이겠지요. '우리'는 오직 우리일 때만 유효할 수 있을 뿐입니
다. 따라서 이제는 무의미해진 우리를 바라볼 때는 종종 입술
을 살짝 깨물게 됩니다.

3.

　　　　　한때 '우리'라는 단어는 참 많은 걸 머금
은 단어였습니다. 우리라는 이름으로 함께 약속한 것들이 참
많았고, 또 어떤 순간에 우리는 '영원'과도 등가의 언어였습
니다. 더 이상 '우리'가 아닌 우리는, 언젠가 '우리'라는 단어

가 머금었던 모든 것들이 포기되고 버려진 무덤이기도 합니다. 영원이라 굳게 믿었지만, 이제는 '찰나'조차 우리일 수 없는 '우리'. 영화 〈가장 따뜻한 색, 블루〉에서 엠마는 아델에게 "네게 무한한 애틋함을 느껴."라고 말합니다. 덜 사랑하고 더 사랑받았던 한 사람의 고마움이자 따뜻함일 수 있지만, 무한히 애틋한들 조금의 사랑조차 될 수 없다는 절망의 대사이기도 합니다. 굉장히 아픈 대사였습니다. 적지 않은 영화들을 접하면서 제가 특히 깊은 애상감에 빠졌던 때는, 더 이상 우리가 아닌 입장에서 우리라는 이름이었던 날들을 바라봐야 하는 순간들이었습니다.

　　　　삶에는 습작이 없지만, 영화를 통해 겪어보지 않은 삶을 들여다볼 수 있었습니다. 그 느낌이 좋아서

였는지, 참 많은 영화들을 봤습니다. 스크린 속 세상을 만나
며 떠오른 감정들과 생각들을 조금씩 끄적였습니다. 그 끄적
임들을 보니, 저는 '우리'가 아닌 '우리'를 바라봐야 할 때 유
난히 마음이 많이 아렸던 것 같습니다. 그런 영화들을 15편
골랐고, 영화 속에 투사한 에세이를 썼습니다. 이 책은 그 글
들을 다시 다듬어낸 모음집입니다. 우리여야 했던 날들, 우리
라는 이름이었던 날들이, 제 글과 함께 독자분들의 마음속에
서도 아련히 피어났기를 기대해봅니다.

2019년 3월 봄날을 기다리며

박형준

우리가 우리였던 날들을 기억해요

1판 1쇄 발행 2019년 3월 18일

지은이 박형준
펴낸이 김영곤 **펴낸곳** (주)북이십일 21세기북스
FC사업본부장 권무혁
FC사업본부 최상호 홍성광 강지은 한경화 **교정교열** 서동환
디자인 박선향 **일러스트** 니나킴
홍보기획팀 이혜연 최수아 박혜림 문소라 전효은 염진아 김선아 양다솔
제작팀 이영민

출판등록 2000년 5월 6일 제406-2003-061호
주소 (10881) 경기도 파주시 회동길 201(문발동)
대표전화 031-955-2100 **팩스** 031-955-2151 **이메일** book21@book21.co.kr

ⓒ 박형준, 2019
ISBN 978-89-509-8017-7 03810

(주)북이십일 경계를 허무는 콘텐츠 리더

21세기북스 채널에서 도서 정보와 다양한 영상자료, 이벤트를 만나세요!
페이스북 facebook.com/21cbooks 포스트 post.naver.com/book_21
인스타그램 instagram.com/book_twentyone 홈페이지 www.book21.com
서울대 가지 않아도 들을 수 있는 명강의! 〈서가명강〉
네이버 오디오클립, 팟빵, 팟캐스트에서 '서가명강'을 검색해보세요!